AF063666

Leonid Andrejew

## Das Joch des Krieges

Deutsch von Hermynia zur Mühlen

Reihe: Erster Weltkrieg
Erster Band

Elektrischer Verlag

Der leichteren Lesbarkeit und des besseren Vergleiches willen wurden die Daten der Tagebucheinträge vereinheitlicht. Sie geben den jeweiligen Tag nach der Zählung des Gregorianischen Kalenders wieder. Die Orthografie wurde an die neue Rechtschreibung angepasst.

Umschlagsbild: Russische Flüchtlinge nahe Grodno (Hrodna), Weißrussland, August 1915; ©Archiv Susanne Gruber

Bibliografische Information der Deutschen Bibliothek
Die Deutsche Bibliothek verzeichnet diese Publikation in der Deutschen Nationalbibliografie; detaillierte bibliografische Daten sind im Internet über http://dnb.ddb.de abrufbar.

©Elektrischer Verlag, Berlin 2013

Alle Rechte vorbehalten

Herstellung: BoD – Books on Demand, Norderstedt

ISBN: 978-3-943889-43-7

www.elektrischer-verlag.de

## ERSTER TEIL

### 1914

*Petersburg, den 28. August*
Offen und ehrlich gestanden, als wäre ich hier im Beichtstuhl, ist es mir bis heute noch nicht klar geworden, weshalb ich damals so furchtbar erschrocken bin.

Freilich, Krieg ist Krieg, man freut sich dessen natürlich nicht, klatscht ihm nicht Beifall, aber es ist doch eine einfache und schon dagewesene Sache ... Ist denn der japanische Krieg schon so lange her? Und jetzt, da die blutigen Schlachten bereits begonnen haben, empfinde ich diese eigenartige Furcht nicht, lebe wie vorher, versehe meinen Dienst, mache Besuche, ja gehe sogar ins Theater und in den Kinematograph, kann im allgemeinen keinerlei Veränderung in meinem Leben beobachten. Wäre nicht der Bruder meiner Frau, Pawluscha, im Kriege, so könnte man zeitweilig vollkommen alle diese entsetzlichen Begebenheiten vergessen.

Es lässt sich nicht leugnen, dass in der Seele eine starke Unruhe, ein Beben ist ... ich weiß nicht recht, wie ich es nennen soll, richtiger vielleicht eine nagende Qual, die sich besonders am Frühmorgen bemerkbar macht. Wie kann man die Zeitungen lesen (außer auf die »Kopeke« bin ich jetzt noch auf zwei große Zeitungen abonniert), wie sich erinnern, was dort geschieht, vor allem dieser unglücklichen Belgier, der Kinderchen, der zerstörten Häuser, der Unseligen, die wie mit einem Mal von allem entblößt, ins eisige Wasser versenkt, nackt in den Frost hinausgejagt worden sind. Aber auch hier ist keine Furcht, einzig nur das Gefühl menschlichen Bedauerns und Mitleidens für die Unglücklichen.

Aber wie ich damals erschrak, bis zur Lächerlichkeit, das ist nicht nur zum Erzählen, sondern selbst als bloße Erinnerung beschämend. Man bedenke nur, am 2. August zahlte ich *dreißig* Rubel für ein schmutziges Lastfuhrwerk, um von Schuwalow aus, der Sommerfrische, die Stadt zu erreichen, und nach etwa fünf Tagen fuhr ich mit meiner ganzen Familie nach der Datsche zurück und lebte dort in aller Seelenruhe bis zum 25. Aug. Beschämend ist es zu denken, was damals mit uns vorging! Meine Frau, ungewaschen, ungekämmt, verstört, wie eine Verrückte aussehend, die Kinder in dem Fuhrwerk durcheinander gerüttelt, und ich, ein Familienvater, nebenher marschierend, mit dem Gefühl, als ob hinter meinem Rücken der Weltuntergang begänne und es notwendig sei zu fliehen, zu fliehen, ohne sich umzusehen, unaufhörlich zu fliehen ... nicht nur bis Petersburg, nein, bis an die unbekannteste Grenze der Erde.

In allen Läden, an denen wir vorbeifuhren, wurde Brot verkauft, so viel man nur haben wollte, und ich hatte mir irgendeine vermaledeite, trockene Brotrinde in die Tasche gesteckt! Auf alle Fälle! Umsicht und Berechnung, o Gott!

Das Wetter war wundervoll, aber wir glaubten nicht daran, es schien uns, als ströme der Regen wie zur Zeit der Sündflut, als fiele plötzlich Schnee und peitsche Hagel hernieder – im Juli! Und würden wir alle, so sehr wir auch die Pferde antrieben, auf halbem Wege umkommen. Ich entsinne mich noch eines beschämenden Umstandes: Ich pflückte einige blaue Blümchen vom Wegrand, Glockenblumen, und gab sie meinem Töchterchen Lidotschka, scherzte dabei mit ihr; dies ist ja nichts, ist etwas ganz Natürliches, weil ich meine Kinder und besonders Lidotschka sehr liebe ... aber was dachte ich mir, während ich scherzte? Ich dachte: »Nun, bis jetzt habe ich den Kopf noch nicht verloren, kann mich vollkommen beherrschen, nicht wie die anderen: Sogar Blumen pflücke ich, scherze, ermutige Frau und Kinder!«

»Welch gewaltiger Held bin ich!«

Und wie war es erst, als wir gegen Abend unsere Wohnung erreicht hatten; ein Osterfest! Aufrichtiges Entzücken, Seligkeit und Frohlocken! Und als dann die Kerzen brannten (das elektrische Licht war noch von der Zeit unserer Abwesenheit her abgestellt) und die ganze Familie um den Samowar herumsaß!

Aber das Erstaunlichste ist, dass ich mich nicht genau erinnern kann, wann diese dumme Angst mich ergriff und wie es kam, dass wir fünf Tage später als seelenruhige Sommerfrischler zurückfuhren, und vor allem, dass wir uns nicht schämten. Ich nehme an, dass der größte Teil der Waggoninsassen eben solche Helden waren wie wir, aber wie sahen wir einer den andern an? Ich entsinne mich dessen nicht, wie sie blickten, nur dass sie zurückreisten, – alle Helden! Ja, sie erzählten einander noch, wie viel jeder Dummkopf für ein Fuhrwerk verlangt und erhalten habe, all dies ohne die geringste Verlegenheit.

Natürlich hatte mich auch das stumme Entsetzen meiner Frau Alexandra Jewgenewna in hohem Maße beeinflusst, und damit erkläre ich jetzt allen Bekannten unsere damalige »Flucht nach Ägypten«; meinem Gewissen aber genügt diese Erklärung nicht. Wäre ich von Natur aus ein Feigling, ein Weib – dann wäre alles verständlich und mein Gewissen würde mich nicht beunruhigen ... Was für Gewissen haben denn eigentlich Feiglinge; nichts ist für sie beschämend! Aber ich bin von Geburt kein Feigling, eher ein mutiger Mensch, kann immer für mich einstehen; und damals hatte mich eine solche Geisterverwirrung überwältigt. Es war, als hätte ein Krampf mein Gehirn erfasst und das reine Licht der Vernunft getrübt. Wenn ich zurückblicke, wie ich da auf der Chaussee marschierend, mutig Blümchen pflückte, ein rechter Dummkopf, Feigling und Schurke; und ich hielt mich allen Ernstes für weise, dass ich ein Fuhrwerk beschafft, die Kinder rettete, in der Tasche eine Brotrinde mittrug ... nicht wie irgendeiner, aber wie ein vorsorglicher Mensch!

Wozu all dies?

Jetzt erkläre ich es mir so: Mir wie allen anderen brachte dieser Tag eine Art übernatürlicher Vision, die aber nur erstaunlich, fremd und außergewöhnlich war und mit dem Kriege keinerlei Ähnlichkeit hatte, ein Traum in der Wirklichkeit, wie der Beginn des Weltunterganges, das Ende der Erde, die Vernichtung alles Lebenden. Als ob irgendwo der Donner grolle, die Erde auseinander spalte, einen Abgrund aufreißend, vor dem man fliehen und sich retten müsse.

An eines entsinne ich mich noch vollkommen: dass ich die Deutschen selbst mitsamt ihrem Kaiser gar nicht fürchtete, ja ihrer sogar vollkommen vergaß; wie hätten auch die Deutschen in einem Tage nach Schuwalow fliegen können – jeder Dummkopf verstand, dass dies unmöglich und schon der bloße Gedanke daran töricht sei.

Ja, und wer sind denn diese Deutschen? Schließlich sind sie Menschen genau wie wir und fürchten uns wahrscheinlich nicht mehr und nicht weniger als wir sie. Man kann sagen, dass die Sache auf Gegenseitigkeit beruhe ... Aber jagten uns hier nicht wilde, vorsündflutliche Tiere auf den Fersen nach, die Erde mit ihren Tatzen zertrampelnd? Nein, es gibt keine wilden Tiere! Was ist so ein wildes Tier? Was für ein wildes Tier? Wer fürchtet sie heute? Lächerlich, der Grund lag darin, dass das Gehirn von einem Krampf erfasst ward, der das Licht der Vernunft verdunkelte, das Unterste zu oberst kehrte, mir die Empfindung gab, als ginge ich nicht auf den Füßen, sondern auf den Händen, wie ein Akrobat.

Dann erinnere ich mich noch, wie es mich wunderte, dass auf der Chaussee alles wie sonst und in keiner Weise auffallend war. Es kam mir zum Beispiel ein Mensch entgegen, ich beobachtete, wie er beim Gehen seine Füße setzte und wunderte mich: Sieh' nur, der geht! Oder eine Henne hüpfte über den Weg, oder ein Kater saß im Gebüsch, merkwürdig, ein Kater! Oder ich begrüßte die Verkäuferin in der Bude und sie antwortete mir: »Guten Tag«, und nicht irgendwelch unverständliche Worte, wie »bala – bala«.

Als ich in der Stadt die Straßen sah, staunte ich abermals, als hätte ich zweihunderttausend Rubel gewonnen, der Polizist (ich kannte ihn sogar) stand an der Straßenecke, und wieder erbebte ich vor Verwunderung und Freude, als müsste durch die Worte Wilhelms: »der Krieg ist erklärt« all dies in die Unterwelt gestürzt worden sein, der Kater, die Straßen, der Polizeimann; und selbst die Sprache der Menschen hätte sich in ein tierisches Brüllen oder ein unverständliches Stammeln verwandeln müssen. Welch wüste Dinge sich ein Mensch doch vorstellen kann, wenn er sich fürchtet.

Jetzt verstehe ich meine Furcht gar nicht mehr und kann mich ihrer nur schämen. Sie ist nur mehr wie die Blümchen Lidotschkas, eine Tatsache, die mein Gewissen bedrückt. Mag ich nun ein Feigling sein oder nicht, darüber kann ich nach all diesem nur mehr Vermutungen anstellen, aber von meiner Ehrenhaftigkeit war ich stets überzeugt gewesen. Hier, in diesem Tagebuch, allein mit Gott und meinem Gewissen, kann ich sogar sagen: Ich bin nicht nur ein ehrenhafter, sondern sogar ein äußerst ehrenhafter Mensch, stolz auf meine Rechtschaffenheit; und als solchen kennen mich auch die Leute.

Und ich, nach bestem Wissen und Gewissen ein außerordentlich ehrenhafter Mensch, ließ an jenem verfluchten 2. August in

Schuwalow unsere Köchin Anissia zurück, ihrer Bitten und Tränen nicht achtend.

Man verstehe, heute erscheint dies nur komisch und kann höchstens ein Lächeln hervorrufen: Was hätten sie dieser dummen Anissia in Schuwalow antun sollen? Und sie haben ihr auch nichts getan, zwei Tage später erschien sie, leibhaftig, in unserer Stadtwohnung, hatte voller Schlauheit die Bahn erreicht und sogar die Salzgurken mitgebracht. Damals aber war das ganz anders gewesen, damals floh ich doch und hätte, falls ich sie mitnahm, sie vor dem Verderben gerettet, und ich ließ sie deshalb zurück, weil es im Fuhrwerk keinen Platz mehr gab und es wichtig war, einen Menschen zurückzulassen, der die Sachen einpackt und behütet. Die Sachen vergaß ich nicht, Bourgeois!

Eines muss ich mir zum Trost sagen, wie sehr Anissia damals auch weinte und bat, so nahm sie es uns doch gar nicht übel, dass wir sie verließen, machte auch keinem von uns Vorwürfe darüber. Dummes Weib.

*29. August*

Dieses Tagebuch schreibe ich abends und nachts, unter dem Vorwande, im Geschäftsbuch, das ich immer nach Hause mitnehme, zu arbeiten. Meine Frau, Alexandra Jewgenewna, ist in jeder Beziehung ein wundervoller und sogar seltener Mensch, intelligent, gut, empfindsam, aber zwischen uns gibt es jene Verschiedenheit, die sich zwischen allen, sich noch so nahe stehenden Menschen findet und für mich ist es äußerst wichtig und unentbehrlich, dass niemand lese, was ich schreibe, sonst verliere ich die Freiheit im Ausdruck meiner Gedanken. Ich finde, es gibt viele Dinge, von denen es selbst mit nahen und geliebten Menschen zu sprechen beschämend ist, und in meinen jetzigen Gedanken sehe ich sogar die Gefahr irgendeiner Versuchung für weniger zurückhaltende Naturen als die meine. Ich werde niemand in seinem Denken stören, will aber auch, dass man mich nicht störe.

Ich beginne mit dem großen Bekenntnis: Inmitten des allgemeinen Unglücks bin ich ein gewissenlos glücklicher Mensch! Dort der Krieg, Blut und Entsetzen, hier meine Saschenka, die eben im warmen Wasser mein Engelchen Lidotschka und den Schelm Petka gebadet hat und jetzt mit den Kleinen lacht, nachher wird sie irgendetwas für sich tun, Ordnung machen für den morgigen Sonntag oder vielleicht Klavier spielen. Gestern erhielten wir eine Karte von Pawluscha und nun wird Saschenka eine Woche lang heiter und beruhigt sein; natürlich kann man nicht wissen, was geschehen wird, wenn man aber nicht zu weit in die Zukunft blickt, dann ist unser Leben eines der glücklichsten. Das Pianino haben wir für Saschenka gemietet, die sehr die Musik liebt und sich früher aufs Konservatorium vorbereitet hatte; angesichts der schlechten Zeiten wollte Saschenka, um die Ausgaben einzuschränken, das Instrument aufgeben, aber ich bestand darauf, es zu behalten: Was sind fünf Rubel im Monat, wenn die Musik dem ganzen Haus eine so angenehme Stimmung verleiht. Und auch Lidotschka beginnt schon spielen zu lernen, sie hat zweifellos Talent, sogar ein erstaunliches für ihre sechseinhalb Jahre.

Ja, ich bin glücklich und die Hauptursache meines Glückes, über die ich zu niemandem, außer diesem Tagebuch, sprechen kann, ist diese: Ich bin fünfundvierzig Jahre alt, kann also, *was immer dort auch geschehen mag,* auf keinen Fall einberufen werden. Natürlich darf man das nicht laut aussprechen. Im Gegenteil, man muss, wie alle anderen, heucheln, sagen, dass man, wäre man jünger, gesünder, unbedingt als Freiwilliger gehen würde und dergleichen mehr; in Wirklichkeit aber bin ich unsäglich glücklich, dass ich ohne das Gesetz zu verletzen nicht in den Krieg gehen und mich der Kugel irgendeines Narren aussetzen muss.

Hier bin ich mehr als aufrichtig. Als sie in der heißen Jahreszeit bei uns im Kontor zu schreien begannen, dass dieser Krieg kein gewöhnlicher sei, dass er unbedingt bis aufs äußerste geführt werden müsse, stritt ich nicht, für wen wäre auch meine unmaßgebliche Meinung wichtig gewesen? Entweder hätten sie mich ausgelacht oder mich beschämt, wie sie unlängst den Kontoristen Wassia Paloneg bis zu Tränen beschämten; angesichts der allgemeinen Erregung hätten meine unvorsichtigen Worte nur schädlich wirken, schlecht ausgelegt werden können.

Aber was immer sie im Kontor auch reden, wie immer sie in den Zeitungen über den Krieg schreien und für ihn eintreten mögen, für mich steht fest: Es missfällt mir entsetzlich, dass Krieg ist. Es mag wohl sein (ja, und es ist so), dass höhere Geister, Politiker, Journalisten imstande sind, einen Sinn in dieser ungeheuerlichen

Balgerei zu sehen, meinem kleinen Geiste aber ist es unverständlich, was daran Erhabenes und Vernünftiges sein soll. Und wenn ich mir vorstelle, dass ich in den Krieg ginge, inmitten eines freien Feldes stünde und die anderen absichtlich mit Waffen und Kugeln wider mich losgingen, um mich zu töten, das Gewehr auf mich anlegten, sich bemühend, mich zu vernichten, so fängt das Ganze an, mir lächerlich zu erscheinen, einen Hauch von übernatürlicher Dummheit zu bekommen.

Und ich betrachte mich vorsätzlich von oben bis unten, was ist an mir so verlockend, dass sie mich aufs Korn nehmen? Und wo sitzt dies Verlockende: in der Stirn, in der Brust, im Bauch? Und wie ich mich auch immer ansehen und betasten mag, ich sehe nur eines; sehe einen Menschen, ich bin ein Mensch und nur einem Narren kann es einfallen, auf mich zu schießen. Darum nenne ich, ohne mich viel zu genieren, die Kugel eine Narrenkugel. Wenn ich mir dann weiter vorstelle, dass mir gegenüber auf der anderen Seite ein Deutscher sitzt, der ebenfalls seinen Bauch betastet und mich mit meinen Waffen für einen uniformierten Narren hält, ist mir die Sache nicht nur lächerlich, sondern auch widerlich.

Ja, aber wenn der Deutsche nicht seinen Bauch betastet und ganz ernstlich zielt, um zu töten, und begreift, weshalb dies geschehen muss? Wenn es sich erweist, dass ich mit meinem Nichtverstehen der Narr bin, und mehr als ein Narr, außerdem noch ein Feigling, was ja schließlich sehr leicht möglich ist? Es kann sein, dass ich ein Narr, ein Feigling bin, aber vielleicht bin ich nicht der einzige in Petersburg, Tausend, Hunderttausende führen vielleicht so ein Tagebuch und freuen sich, dass sie nicht einberufen und getötet werden, und urteilen genauso wie ich.

Genug davon, selbstverständlich kann man keinen Stolz darüber empfinden, dass man für sein Leben fürchtet und seinen Bauch betastet wie ein Küglein, das Georgskreuz mit dem Band wird man dafür nicht erhalten, aber ich strebe nicht nach dem Georgskreuz und verlange nicht das Grab eines Helden. Mein Leben lang habe ich niemanden gestoßen und in seinem Vergnügen gestört, nun wünsche ich auch mit vollem Rechte, dass mich niemand störe und niemand niederknalle wie einen Sperling! Ich habe den Krieg nicht gewollt und Wilhelm hat mir auch keinen Boten mit der Frage gesandt, ob ich damit einverstanden sei, mich zu schlagen, er hat einfach erklärt: »Geh los!«

Es versteht sich von selbst, dass ich mein Vaterland Russland liebe und würde es überfallen werden, sei es von einem Narren oder Wahnsinnigen, so müsste ich es verteidigen. Das ist wie gesagt selbstverständlich und ich spreche in der Aufrichtigkeit meines Gewissens, so wahr Gott lebt, dass ich, wenn ich noch militärpflichtig wäre, es mir auch keinen Augenblick überlegte, mich zu fügen, dass ich mich nicht krank stellen, Protektionen ausnützen, mich irgendwo verstecken würde, sondern marschierte, ohne gezwungen werden zu müssen, auf dem Felde stünde, auf meinem Posten wartete, allein oder mit den anderen, bis man mich tötet oder ich töte, wie es dort eben sein muss.

All dies ist selbstverständlich und es handelt sich darum, dass ich zum Glück fünfundvierzig Jahre alt bin und das volle Recht habe, mich nicht vom Fleck zu rühren, denken und urteilen kann, wie ich will, ein Feigling und ein Narr, oder vielleicht kein Narr – sein darf. Das ist mein gutes Recht, mein Schicksal! Anstatt Ilia Petrowitsch Dementjew zu heißen und in Petersburg auf dem Potstamskoi-Platze zu wohnen, hätte ich ebensogut irgendein Belgier sein können und könnte nun bereits von den deutschen Geschossen ins Verderben gebracht worden sein. Aber ich bin Ilia Petrowitsch, der fünfundvierzig Jahre alt ist, auf dem Potstamskoi-Platz in Petersburg wohnt, wo die wilden Germanen nie hingelangen werden, und ich bin glücklich.

Ja, und was könnte nicht alles sein! Statt an unserem Bankhaus angestellt, das fest wie eine Mauer steht und alle Anstöße des Krieges aushalten wird, könnte ich an irgendeinem kleinen Unternehmen beteiligt sein, das jetzt schon erschüttert ist, wie so viele es sind ... und mitsamt meiner Lidotschka auf die Straße geworfen werden. Oder ich könnte ein Pole aus Kalisch sein, oder auch ein Jude, wie ein Aas im Graben liegen, oder an einem Strick hängen; jedem sein Schicksal.

Aber es ist nutzlos, über derlei Dinge hin und her zu raten, und wie sehr ich auch die Belgier und unsere Soldaten bedaure, die fallen oder im Schützengraben liegen müssen, kann ich doch nicht umhin, mich zu freuen, dass ich das bin, was ich bin. Mein Gott, wenn ich statt meiner wundervollen Saschenka irgendeine schreckliche Frau hätte, wie es deren so viele auf der Welt gibt, so wäre auch dies Schicksal und ich kann nicht anders, als mich über mein Glück freuen, nun ich es habe.

Eben spielte Saschenka die bulgarische Nationalhymne und ich lauschte ihr – welch schöne Musik! Welche Seelengröße, welche Liebe zum Vaterlande und der Freiheit klingt aus ihr heraus. Zuhörend traten mir die Tränen in die Augen, im Gedanken an die armen Belgier, denen die schöne Musik, die Liebe zum Vaterlande nichts half gegen die Erdrückung durch diese verfluchten Deutschen.

Nein! Was immer auch unsere Kontorpolitiker beweisen können, nie werde ich zugeben, dass der Krieg etwas Schönes ist. Welche Torheit! Die Leute nehmen an, glauben, sind überzeugt davon, dass es vorteilhaft und schön wäre, Berlin einzunehmen, und dass die Gerechtigkeit triumphiere. Welche Gerechtigkeit? Gegen wen? Und wenn unter den gefallenen Belgiern genauso ein Ilia Petrowitsch ist wie ich – und warum sollte keiner sein – wie viel nützt ihm diese Gerechtigkeit?

Saschenka sagt, es sei schon spät und ruft mich zum Schlafengehen; und soll ich mich nun nicht freuen, dass ich nach der ehrlichen Arbeit des Tages schlafen gehen kann?

*Petrograd, 1. September, Donnerstag*
Ein historischer Tag, Petersburg ist in Petrograd umgetauft worden. So bin ich von nun ab ein Petrograder.

Es ist sehr schön, nur mühsam, sich daran zu erinnern. Unser Kontor ist aufs Höchste erfreut, mir aber tut es in der Seele leid um das alte Petersburg, ja sogar um Sankt Petersburg. Bei diesem Petrograd fühlst du dich so, als hättest du einen neuen Gehrock an, den ganzen Tag kommt es dir vor, als wärest du auf einem Empfang beim Vorgesetzten; er ist sehr schön, der neue Gehrock, aber es tut dir doch leid um deinen alten Rock, auf dem jeder Fleck dir von wohltuender Gemütlichkeit spricht.

*3. September*
Wir fahren fort zu siegen. Die Preußen sind mit unserer Armee zusammengestoßen und es geht das Gerücht, dass wir spätestens morgen Königsberg einnehmen werden. Und heute meldet der

Generalstab, dass wir Lemberg besetzt haben, dass die Österreicher völlig geschlagen sind.

Ich will offen bekennen, wie friedliebend ich auch bin, so begrüße ich diese Nachrichten immerhin mit Freude, gratuliere mir und anderen dazu; wenn man schon Krieg führt, so ist es besser, der Sieger als der Besiegte zu sein. Wie verheerend ist doch dieser Krieg, wie rasch jagen seine feuerspeienden Schritte dahin! Es erinnert mich an eine große Feuersbrunst, die ich als Kind auf einem Dorfe gesehen habe; ein einziges Haus hatte zu brennen begonnen, im Verlauf einer Stunde hatten alle Strohdächer Feuer gefangen, das ganze Dorf war nur mehr ein endloses Flammenmeer.

Es ist interessant für den Moralisten, diese Eigenheit der Menschenseele zu beobachten, die eine Feuersbrunst als etwas Schönes empfindet. Je wütender die Flammen um sich greifen, desto mehr ruft dies ein seltsam festliches Gefühl hervor. Kommt es durch das Glockengeläute, das Blitzen der Flammen, den Anblick der aufgeregt durcheinander rennenden Menge? Ich entsinne mich des Eifers, in dem wir in meiner Jugendzeit, die ich am Gymnasium einer Provinzstadt verbrachte, zu jeder Feuersbrunst liefen; in den Werkstätten wurde die Arbeit niedergelegt, keiner dachte ans Umkleiden, an sein ungewaschenes Gesicht; sobald der Ruf »Feuer« erscholl, das Läuten der Glocke ertönte, eilten alle, Männer und Knaben, zur Brandstätte, standen dort, kaum atmend, die Arme ausbreitend, wie ein Feldherr auf seinem Monument. Sogar im Gymnasium wehrten es uns die Lehrer nicht, wenn beim Geläute der Feuerwehrwagen alles im Stich gelassen, und sie kamen mit uns, den Brand zu besehen.

Natürlich gedachte in diesem Augenblick kaum einer der Unglücklichen, die durch den Brand geschädigt wurden. Ich gebe zu, dass ich heute mit einiger Aufregung und einem ungeheuren Interesse auf das Bild der europäischen Feuersbrunst blicke, mit Neugierde jedem neuen Tag entgegensehend. Wenn ich selbst auch für den Frieden bin, so muss trotzdem die Überzeugung unserer Kontoristen, dass wir, die Zeitgenossen und Beobachter dieses außergewöhnlichen Krieges, einen gewissen Stolz auf unsere Lage empfinden sollen, nicht ganz grundlos sein. Stolz bin ich nicht, aber es interessiert mich.

Nur Pawluscha ist mir ein Stein am Herzen. Freilich, noch ist alles gut, er marschiert irgendwo siegreich durch Preußen, aber wer kann für den morgigen Tag gutstehen? Und wo befände ich mich jetzt, wären seit meiner Geburt nicht fünfundvierzig, sondern zwanzig oder dreißig Jahre verflossen? Ein abkühlender Gedanke, zu dem man öfters zurückkehren muss, um sich nicht von dem übergroßen Interesse hinreißen zu lassen.

*20. September, Sonntag*
Nun sind es schon zwei Wochen und zwei Tage, dass wir keinerlei Nachrichten von Pawluscha erhalten haben. Aus den letzten Mitteilungen konnte man darauf schließen, dass er irgendwo in Preußen sei, wo die Truppen Samsonows eine so entsetzliche Niederlage erlitten haben. Natürlich wird Saschenka von Sorge gequält, fast jeden Tag kommt ihre Mutter, Inna Ivanowna, zu uns, und der Anblick ihres Grames scheint das ganze Haus in Trauer zu hüllen. Eben kam sie und trinkt nun mit Saschenka Kaffee im Speisezimmer, während ich hier schreibe.

Außer ihrem jüngsten, Pawluscha, hat Inna Ivanowna noch einen Sohn, bei dem sie für gewöhnlich lebt, aber mag sein, dass sie deshalb jeden Kummer, jede Sorge zu uns bringt, weil Nikolai ein nüchterner trockener Mensch ist, oder es ihr natürlicher deucht, sich in Familienangelegenheiten an die Tochter zu wenden. Es versteht sich ja von selbst, dass ich die harmlose alte Dame von Herzen liebe, aber ich kann es nicht verhehlen, dass mir diese ewigen Besuche auf die Dauer ein wenig langweilig werden. Sie kommt mit Klagen und Tränen, früher galten sie Nikolai, der sehr schlecht mit seiner Frau lebt, nun weint sie um Pawluscha; immer hat sie irgendetwas, das ihr zum Jammern Anlass gibt. Sie bringt eine Disharmonie in unser kleines Glück hinein.

Ich liebe ja Pawluscha selbst und kann nicht ohne Schaudern daran denken, was in diesem Augenblick vielleicht geschehen mag, vielleicht wird er eben im Moment, da ich seinen Namen schreibe, getötet, oder er kann schon längst tot und begraben sein. Gestern Abend ließ mich ein quälender Zwiespalt in meiner Seele lange nicht einschlafen; ich konnte mich nicht entschließen, Pawluschas wie eines Lebenden zu gedenken, und hatte doch kein Recht, mich seiner wie eines Toten zu erinnern. Bald beklagte ich ihn, der in seinem Graben allen Gefahren ausgesetzt ist und dachte an die warmen Sachen, die wir ihm schicken müssen, – bald wollte es mir scheinen, als müsste ich bereits seinen Tod beweinen ... Nichts wissen wir, nichts!

Und ich weiß, dass er, wenn auch nicht heute (irgendein Gefühl sagt mir, dass er noch lebt), doch früher oder später bestimmt fallen wird in diesem unseligen Krieg, der mehr Ähnlichkeit mit einer komplizierten Menschenschinderei als mit dem Triumph der Gerechtigkeit hat. Wenn auch viele in unserem Kontor davon überzeugt sind, dass der Krieg im November beendet sein wird und ich mit ihnen nicht darüber streite, so erscheint mir dieser Optimismus doch ungerechtfertigt; vor Weihnachten kann kein Friede zustande kommen, das bedeutet noch fast vier Monate. Und da jeden Monat Zweihunderttausend getötet werden, kann man sich vorstellen, wie gering Pawluschas günstige Aussichten sind.

Ich bin ein Mann mit männlicher Geisteskraft, ich kann mir das Unentrinnbare vorstellen, kann den Schlag, wenn er unsere Familie trifft, standhaft hinnehmen, aber was soll aus unserem Heim, was aus Saschenka, was aus dem Mütterchen werden, das selbst daran sterben könnte?

Gestern, in der schlaflosen Nacht, überdachte ich, wie man es dem Mütterchen mitteilen müsste, wenn es sich ereignen sollte. Und wer wird es ihr sagen? Schon der bloße Gedanke daran verursachte mir Herzklopfen. Das erste ausgesprochene Wort würde mit einem Mal die ganze Welt vor den Augen eines Menschen verwandeln, vor einer Minute war alles, war die ganze Welt noch so, nach dieser Minute ist alles, ist die ganze Welt anders. Und den ersten Ausbruch dieses Schmerzes auf sich zu nehmen, wird um so schrecklicher sein, als man vorher nicht weiß, welche Folgen dieser Schmerz haben wird ... Tränen, Schreie, wie man sie noch nie gehört, vielleicht den Tod!

Eben, im Speisezimmer sah ich auf ein Stückchen Zwieback, das Mütterchen zum Munde führte und überlegte, was wohl mit diesem Zwieback geschähe, wenn es plötzlich hieße: »Pawluscha ist gefallen!« Und ich stellte mir ganz deutlich vor, wie der halbe unglückselige Zwieback auf die Erde fiele, sah sogar den bestimmten Fleck am Fußboden, wo er liegen und wie ihn nachher Anissia, nichts wissend, aufheben und essen würde.

Dies Petrograder Herbstwetter übt einen schlechten Einfluss auf uns alle aus, die Kinder sind launisch, sogar meine gute Lidotschka verändert ihr engelhaftes Wesen und prügelt sich mit Petia; was ist sie doch für ein bezauberndes kleines Geschöpf!

*Dasselbe Datum, am Abend*
Eben komme ich heim, spazierte drei volle Stunden an den Ufern und auf dem Newsky. Mein Gott, wie schön ist doch diese, unsere nördliche Hauptstadt, wie reich, wie mächtig! Viele lieben unser Petrograd nicht, sogar im Kontor kann man oft den dummen Streit hören: Petrograd oder Moskau. Natürlich schweige ich dazu nach meiner Gewohnheit; lohnt es sich, Leute überzeugen zu wollen, die teils blind sind, teils nicht sehen wollen? Besonders widerlich ist in dieser Beziehung unser Pole, den wir im Kontor haben, er hat ein halbes Jahr in Paris zugebracht, um zu studieren, hat dort aber bloß eine einzige verächtliche Grimasse zu schneiden erlernt. »Du Dummkopf, Du! Du solltest nur eine solche Stadt erbauen müssen!« denke ich mir oft.

Als ich heute auf den Newsky trat, begriff ich, wie es wäre, wenn plötzlich die elektrischen Lampen ausgingen und das graue Dämmerlicht sich in tiefe Nacht verwandelte. Es ist doch erstaunlich, dass die Lampen stets, wie immer das Wetter auch ist, mag es nun frieren, regnen oder schneien, den Eindruck eines guten Wetters vortäuschen. Mit wahrhaftem Genuss begab ich mich unter die Menge, die mir heute größer und lebhafter erschien denn sonst, und ließ mich von ihr gegen den Admiralitätspalast treiben, ohne meines Weges zu achten, als flögen wir alle durch die Luft. Die ganze Zeit ergötzte ich mich an den vielen Lichtern, die grün, weiß und rötlich durch das Dunkel schimmerten. Dröhnend eilten die Tramways vorbei, man konnte ihre rasch aufeinanderfolgenden grünen und roten Lichter nicht zählen, zahlreiche Automobile mit leuchtenden Augen flogen über die Brücke, gegen den schwarzen Himmel hoben sich Transparente ab, die Menschenmenge flutete durcheinander, summte, fuhr in Droschken vorüber (wohl Leute, die einer Einladung Folge leisteten), Traber rasten vorbei ... ich vermag den großartigen Anblick gar nicht zu schildern.

Dieses Ufer, die hohen unerbittlich aussehenden Paläste, das schwarze Wasser des Flusses, das bloß hier und dort durch die

Lichter der spärlichen Dampfer erhellt wurde, die kaum zu unterscheidende Peter-Paulsfestung, darin die Grabmäler unserer Zaren, das traurige Glockenspiel, das die Zeit verkündet ... Auf den runden Granitsteinen schweigende Pärchen: So wie einst Saschenka und ich dort saßen, und ich meine Hand, unter dem Vorwand zu frieren, in ihren warmen Muff schob. Lange betrachtete ich den Bau der Schlossbrücke und bedachte, in wie hohem Maße sie doch unsere wundervolle Hauptstadt verschöne.

Auf dem Heimweg, inmitten dieser zahllosen, von allen Seiten drängenden Menge, dachte ich darüber nach, wie weit dieser entsetzliche Krieg doch von uns entfernt und wie schwach er mit all seinem Grimm gegen das Leben und die Schöpfungen der Menschen sei. Wie unverändert, gleichgeblieben war dies alles. Die Tramways, die Droschken, auf den Steinen die Pärchen, der ganze Gang unseres Lebens ... und meine damalige, anfängliche Angst schien mir lächerlicher denn je; was haben wir zu fürchten?

In Berlin, so sagt man, sei bereits die Hälfte der städtischen Beleuchtungskörper außer Tätigkeit gesetzt worden und die Deutschen begännen schon zu hungern. Zweifellos sind sie selbst schuld an diesem mörderischen Krieg und ich als Russe sollte mich über ihr Elend freuen, aber ... ich sage abermals, was ich mich nie entschließen könnte im Kontor auszusprechen, wenn ihr Berlin ein wenig unserem Petrograd ähnelt, so ist mir darum leid. Wenn es kalt ist in der Stadt und dunkel, und wie kalt und dunkel muss es sein, werden diese Unglücklichen jetzt denken: Wozu haben wir diesen verdammten Krieg begonnen, wenn das Resultat für uns nur Kälte, Dunkel und Schande ist? Nein, wie sehr ich mich auch bemühe, ich verstehe nicht und werde es nie verstehen, was die Menschen treibt, einander zu töten, welchen Nutzen es hat, welchen Sinn!

Es ist Zeit, schlafen zu gehen, eines aber schrieb ich noch nicht nieder und plaudere da von müßigen Dingen, es ist eine Karte von Pawluscha gekommen, er lebt, ist gesund. Sie kam eben im Augenblick, als Mütterchen sich anschickte, nach Hause zu gehen und bereits im Vorzimmer ihre Pelze umnahm. Natürlich war die Freude groß, und ich teilte das Glück mit ihnen. Und doch wie zerbrechlich ist unser menschliches Glück!

*25. September*

Mag sein, dass es bloß mich so deucht ... aber es liegt etwas wie eine große Täuschung in der Luft. Auf der einen Seite verflucht man den Krieg mit seinem Blutvergießen, seiner Grausamkeit, auf der anderen reiben wir uns aus irgendeinem seltsamen Wohlbehagen die Hände. Sind es unsere Siege in Galizien und die kriegerischen Ereignisse an und für sich ... irgendeine Wandlung vollzieht sich in den Gehirnen; jedenfalls fliegen freudige Gerüchte durch die Zeitungen und durch unser Kontor; übertrieben freudige Gerüchte.

Natürlich sind die Belgier Helden und ihr König Albert ist eine bedeutende Persönlichkeit; seiner Krone würdig; aber schließlich werden diese Helden doch hingeschlachtet, ja hingeschlachtet, und warum man darüber besonders frohlocken soll, verstehe ich nicht, wenn ich dies auch nicht ausspreche.

Ich habe mich ja auch nicht ferngehalten, habe selbst ein Porträt König Alberts gekauft, angesteckt von der allgemeinen Begeisterung. Aber trotzdem kann ich den Krieg nicht gutheißen. Sehe ich in den Zeitungen die riesengroßen, gleichsam zähnefletschenden Artikelüberschriften: »Jaroslaw brennt!« oder »Sandomir steht in Flammen!« so empfinde ich jedesmal in meinem Kopf irgendein quälendes Gefühl; ähnlich einem scharfen Stoß, oder als ob mir ein Fremdkörper ins Gehirn gedrungen wäre. Es verlangt eine gewisse Phantasie, um sich das Bild vorstellen zu können: »Jaroslaw brennt«, »Sandomir steht in Flammen«. Wieder segne ich ein gütiges Geschick, demzufolge unser Petrograd so weit von all dem Entsetzen und all den Stürmen liegt.

*Den 27. September*

Nach ernstlicher Überlegung habe ich beschlossen, dieses Tagebuch Andrei Wassilewitsch zum Lesen zu geben, falls er nicht getötet wird und aus dem Kriege zurückkehrt. Nie war er mit mir einer Meinung, möge er dann urteilen, ob ich recht habe oder nicht. Besonders peinlich wird es für mich sein, wenn er das liest, was ich über meine fünfundvierzig Jahre und mein Glück geschrieben habe: Wenn man derlei Dinge nur so im Geheimen schreibt, sehen sie sehr nach einer Gemeinheit aus. Ich bin aber kein gemeiner Mensch und es ist etwas ganz anderes, mit jedem über die eigene Meinung zu schwätzen, oder sie zu verbergen. Ich verberge nichts, mein Leben liegt offen vor aller Augen.

Petia war an einer Angina erkrankt, man musste den Arzt rufen. Unser Kasimir Wiatscheslawowitsch ist im Krieg, die andern sind erschöpft durch die unaufhörliche Pflege in den Lazaretten und wollten nicht kommen. Soll ich mich nun etwa darüber freuen und darin einen erhabenen Sinn sehen, dass ein krankes Kind ohne Hilfe gelassen wird?! Nein, ich habe und werde in diesem Punkt stets meine eigene Meinung haben.

*30. September*

All diese Tage sind mit Entsetzen erfüllt. Man liest in den Zeitungen von der Belagerung Antwerpens durch die Deutschen: Tausend schwere Geschütze donnern gegen die Mauern, alles wird zertrümmert, geht in Flammen auf. Die Bevölkerung ist geflohen, durch die veröden Straßen marschiert nur mehr Militär; »Über Antwerpen steht der ganze Himmel in Flammen«, schreibt die Zeitung, und es ist einfach unmöglich, sich vorzustellen, was das heißt: »Der ganze Himmel steht in Flammen.« Und auf diesem flammenden Himmel fliegen Zeppeline und werfen Bomben hinab. Was für Menschen, nein, besser Teufel in Menschengestalt müssen es sein, die über dieser Hölle, den zerstörten, brennenden Dächern schweben und noch neues Feuer, neue Vernichtung hinunterschleudern können!

Die ganze Nacht, nachdem ich die Zeitung gelesen, flog ich im Traum über der brennenden Stadt und zu meiner Schande muss ich bekennen, dass ich außer Furcht und Widerwillen auch noch einen unglaublichen Neid auf diese furcht- und erbarmungslosen Flieger empfand. Was sind sie, stammen sie aus einem anderen Geschlecht? Wie kommt es, dass ihre Hand nicht zittert, ihr Herz nicht beklommen wird? Was mögen sie für Augen haben, wie mögen sie sehen, wenn sie bei Nacht, aus den Zeppelins gebeugt, die von den Flammen erleuchtete, rauchende Stadt erblicken, zielen, erwägen?

Ich vermag es mir nicht vorzustellen, lese es wie man ein Märchen liest und kann im Grunde meiner Seele nicht glauben, dass es wahr sei. Und wenn es wahr ist, wozu bin ich auf der Welt, ich, der von einem müden, degenerierten Herdengeschlecht abstamme. Selbst als ich im Traume flog, suchte ich, wie in der Wirklichkeit, wo ich mich verbergen könnte, wenn etwas geschähe, sah sehnsüchtig auf die immer kleiner werdenden Stadttore hinab.

Ich erinnere mich, wie, noch lange vor dem Kriege, unser lenkbarer Ballon die Newa überflog und wie wir alle im Kontor ans Fenster stürzten, den in der Sonne Erglänzenden, durch die Luft Schwebenden bewunderten, der in dieser schwindelerregenden Höhe anhielt, und dann verschwand. Es ward uns schwindlig vor den Augen, besonders einem subalternen Beamten, dem eine bauchige Schnapsflasche zur Tasche herauslugte. Er sah hinauf, blinzelte mit den Augen, überlegte und sagte laut:

»Dort braucht man Leute, die nicht trinken!«

Und lief weg. Damals lachten wir alle, aber wenn ich mir heute den »flammenden Himmel über Antwerpen« vorstelle, frage ich mich: Was braucht man da für Menschen, betrunkene oder nüchterne? Nein, ich vermag diese neuen Gestalten nicht zu begreifen, die, über den Wolken schwebend, Bomben herunterwerfen. Sie erscheinen mir wie das Zerrbild eines blutigen Despoten, der alle und alles verachtet und zu vernichten wünscht. Es gab ihrer schon einige auf dieser Welt, dieser Erbarmungslosen, die mit demselben Gleichmut Menschenköpfe und Eier zerschmetterten. Und wenn diese den noch übrig gebliebenen müden Herdentieren einer degenerierten Rasse vorgezogen werden sollen, – gut, schlachtet uns, wenn ihr wollt, – hier ist meine Kehle.

Aber alle Gedanken kehren zu Antwerpen zurück. Scheinbar gleicht diese Stadt unserem Petrograd, ist groß und schön, von Wasser durchflossen, das jetzt den Feuerschein widerspiegelt und Blut in seinen Fluten treibt, inmitten des nächtlichen Dunkels. Und der Himmel steht in Flammen! Mein Gott, mein Gott, was geschieht auf dieser Welt!

*3. Oktober*

Antwerpen ist gefallen.

*15. Oktober*

Feuchtes, warmes Herbstwetter, das hat ja eigentlich nichts zu bedeuten, aber in der letzten Zeit ist man in einer entsetzlichen Stimmung. Nichts erfreut einen, im Herzen empfindet man eine undurchdringliche Dunkelheit, wie bei einer Krankheit. Jeden Morgen im Tram ein widerliches Gedränge; hat sich die Menge trotz des Krieges vergrößert, oder fahren weniger Wagen? Jedesmal steigst du gepufft und beleidigt aus, als kämest du von einer Balgerei Betrunkener. Besonders ekelhaft sind diese ewigen Versammlungen und Wohltätigkeitsfeste mit ihren Fähnchen und Blumen, erwachsene Menschen sollten dergleichen zu Hause abmachen und nicht mit ihren Gefühlen auf die Straße laufen.

Guter Gott, es versteht sich doch von selbst, dass ich mein Scherflein, so weit mir dies, als arbeitendem Menschen, möglich ist, beitrage, aber mich beleidigt dieses Misstrauen gegen mein Pflicht- und Menschlichkeitsgefühl, diese unerträgliche Zudringlichkeit mit der einige, fast alle, mir in die Augen sehen, bis in die Pupillen hinein, und im Geiste meinen Beutel durchsuchen. Wenn du auf die Straße gehst, so hast du den Eindruck, als schämten sich alle, einer den anderen anzusehen, und wollten so rasch als möglich unsichtbar werden, damit sie niemand bemerke. Ich halte übrigens auch keinen Menschen an, um zu sehen: Trägt er ein Abzeichen oder nicht; nicht wie die anderen, die mich darob scheel anblicken.

Dies ist nicht mehr ein in den Beutel schauen, ist schon ein in die Seele blicken, was ich entschieden nicht vertragen kann und auch nicht will. Meine Seele ist meine Seele, und ich bin ihr alleiniger Herr, der Staat oder die Gesellschaft mögen, wie es jeweils angenommen, über meinen Körper verfügen – dem Gesetze gemäß – aber keiner, selbst Peter der Große nicht, hat das Recht, in meine Seele hineinzukriechen und dort nach seinem Ermessen Ordnung zu schaffen, sei er auch noch so mächtig! Überhaupt habe ich die betrübende Tatsache feststellen müssen, dass man in meine Seele eindringen und dort, wie auf dem Newsky, spazieren gehen will.

Zum Beispiel gab es gestern einen heftigen Streit zwischen Sascha und mir. Ich bin immer auf meine Menschlichkeit stolz gewesen, finde, dass sie jeder intelligente Mensch haben muss, und niemals habe ich zwischen den verschiedenen Nationen einen Unterschied gemacht, seien es nun Deutsche, Franzosen oder sogar Juden. Und nun wollen mir seit zwei Monaten die Zeitungen und meine Kollegen im Kontor weismachen, dass ich die Deutschen hassen müsse; und heute sagt mir Sascha in einer äußerst groben

Art das Gleiche: »Wenn Du auch jetzt noch die Deutschen liebst, bist Du wirklich ein Schuft!«

»Erlaube,« sage ich, »habe ich denn behauptet, dass ich sie liebe? Ich kann einfach als humaner und kultivierter Mensch keinen hassen, möge er auch wer immer sein.«

Sie lacht.

»Schöne Humanität! Wäre Pawluscha nicht mein Bruder, sondern der Deine, würdest Du anders sprechen. Und ich frage mich nur, wozu Mama hierher kommt, wo man ihren Sohn so glühend liebt.«

Und im weiteren Gespräch warf sie mir die gröbsten Beleidigungen hin: dass ich ein Feigling, ein Verräter und glücklich sei, dass ich meines Alters wegen nicht in den Krieg zu gehen brauche. Und dies nach all unseren Gesprächen über den Krieg, über den sie ebenso geurteilt hatte wie ich; dies, nachdem sie mir vor einem Tag selbst geraten hat, meines Magens wegen zum Arzt zu gehen ... Eine schöne Sache, der Krieg!

Es versteht sich von selbst, dass ich kein weiteres Wort mehr zu ihr sprach, und ich werde, um sie zu strafen, zwei Tage lang schweigen; wiewohl dies offenbar nichts ändern wird.

Überhaupt beginnt dieser Krieg stark auf die Nerven zu wirken, und es scheint unmöglich, ihn auch nur für einen Tag aus dem Bewusstsein zu verbannen. Ich habe versucht, keine Zeitungen zu lesen, aber es geht nicht; außerdem rufen die Zeitungsverkäufer alle Nachrichten aus, und im Kontor sitzen sie unablässig über der Landkarte, es ist geradezu entsetzlich. Hätte ich die Mittel dazu, ich führe irgendwo weit weg, aber der Ort, den ich suche, existiert wohl nicht auf der Welt. Und hier, inmitten des allgemeinen Wahnsinns, gibt es keine Möglichkeit, sich zu bewahren, seine Seele vor der ansteckenden Seuche zu retten. Ich wiederhole, dass ich diesen Krieg nicht wollte, ihn mit seinem ganzen »höheren Sinn« verurteile und verfluche. Warum bin ich trotzdem verpflichtet, jeden Tag den Gott gibt, von ihm zu wissen, über ihn und seine unmenschlichen Greuel zu lesen?

Ich bin kein gefühlloser Taugenichts, sondern, trotz aller Bescheidenheit sei es gesagt, ein anständiger, beherrschter, empfindsamer Mensch und kann nicht gleichgültig bleiben, ja all diese unerträgliche Pein verursacht mir recht schlimme Leiden.

Genügt es nicht, dass sie Tausende, Hunderttausende töten und dieses Morden als etwas Besonderes hinstellen, müssen sie überdies durch Lärm, Gebrüll und Feuer den Tod noch erschreckender für den Menschen machen, ihn zum Wahnsinn treiben, seine ganze Seele durch ihre schwindelhafte Gaukelei und das Unerwartete zerfetzen?

Was nützt es mir, auf dem Potstamskoi-Platze zu wohnen und noch nie gesehen zu haben, wie man eine Kanone abfeuert, – wenn ich dies alles trotzdem durch die Zeitungen, die Illustrationen und die Gespräche kennenlerne?

Und weshalb muss ich leiden, für wen muss dies so sein? Beurteilt mich, wie ihr wollt, aber hätte ich die nötige Kraft – mich zu verzaubern, zu besprechen, zu hypnotisieren, ich täte es ohne Zaudern und blickte kein einziges Mal nach der Seite, wo der Krieg tobt. Wem nützt es, wenn ich, der den Krieg nicht mitmacht, ebenfalls leide, Schlaf, Gesundheit und Arbeitsfähigkeit einbüße?

Und wie kränkend, wie schmerzlich ist es, dass Sascha dies nicht versteht! Wenn sie überlegen wollte, so müsste sie doch begreifen, dass meine Gesundheit uns allen nötig ist; begänne auch ich, die Deutschen und die andern Gegner zu hassen, jeden Augenblick um Pawluscha zu zittern, was würde aus mir werden? Nun ist sie wohl mit dem Gefühl erlittener Kränkung und Ungerechtigkeit eingeschlummert und ich, ich schlafe nicht und quäle mich in meiner unfreiwilligen Einsamkeit! Ach Sascha, Sascha! Glaubst Du, es ist leicht für mich? Man nennt sich einen Menschen und beneidet doch jeden Hund, der im Korridor liegt und nicht weiß, was die Herren Deutschen den Herren Russen antun und umgekehrt.

Und es gibt keinen dunklen Dachboden, keine Rumpelkammer, in der ich mich verstecken könnte, wie ich mich als Kind vor dem Stiefvater versteckt habe. Wie könntest du deinem eigenen Geist entfliehen? Ich kann nur froh sein, dass meine Kindheit vorbei ist, dass ich wenigstens im Schlaf in ein schwarzes, erholungbringendes Vergessen versinke. Aber schon im Augenblick des Erwachens möchte ich vor unerträglicher Erregung die Wände hinaufkriechen, den ganzen Körper von einer nagenden Pein durchschauert. Ja, und kaum beginne ich schläfrig zu werden, so horche ich doch wieder zu Sascha hinüber, die unruhig schläft, sich im Bette wälzt, stöhnt, die Arme bewegt. Schließlich, sie ist eine Frau und tut mir leid.

Überhaupt war heute ein besonders unangenehmer Tag. Im Kontor hielt der Pole Swoliansky eine glühende Rede über das Eingreifen der Türkei in den Krieg und äußerte eine törichte Freude, weil wir die Meerengen und Part-Grad einnehmen würden. Ich sah ihn schweigend an, lächelte ein wenig und dachte: Du Dummkopf, Du! Man muss sich freuen, dass Petrograd noch unser ist, und Du machst Dir schon Sorgen um Part-Grad. Und ich stelle mir vor, dass in Konstantinopel irgendein Türke sitzt, Ibrahim Bey, ähnlich unserem Ilia Petrowitsch, und sich gar nicht darauf freut, dass morgen sein dicker Bauch unseren Weisen als Zielscheibe dienen soll. Aber versuch einmal, so etwas auszusprechen!

In unserem Haus wird auf Kosten der Mieter ein kleines Lazarett für fünfzehn Betten errichtet, ich habe natürlich auch mein Scherflein beigetragen.

Ach Sascha, Du meine Saschenka!

*Petrograd, den 29. Oktober*

Die Türkei hat die Feindseligkeiten gegen die russische Armee eröffnet.

*30. Oktober*

Wie es kam, kann ich mir noch nicht erklären, aber ich mischte mich gestern unter die Manifestanten, die die Kriegserklärung der Türkei zusammengerottet hatte. Flaggen und Bilder wurden herumgetragen, drei Stunden lang bewegte ich mich mit ihnen durch alle Straßen, sang, schrie Hurrah, zeichnete mich überhaupt aus. Held, der ich bin! Ich fürchte nur, dass dieser Held sich erkältet hat, heute schmerzen mich Hals und Nacken, es war kalt ohne Mütze. Zu Hause traf ich eine ganze Versammlung an: Nikolai Jewgenewitsch mit seiner Frau und dem Advokaten Kindjakow, von welchem sie unzertrennlich sind, Saschenkas Freundin, die Hebamme Fimotschka und noch einige, lauter verheiratete Leute.

Zur allgemeinen Freude brachte ich vier Flaschen Wein, den mir Pan Swoliansky noch im August überlassen hatte, und wir gerieten in glänzende Stimmung; natürlich nicht durch den Wein, sondern die Ereignisse hatten alle ungewöhnlich erregt. Wir stritten, schrien durcheinander, lachten über die Türken, später sangen wir, auf dem Klavier von Kindjakow begleitet, Hymnen. Ich kam erst gegen drei Uhr zur Ruhe, da ich noch Fimotschka nach Hause begleiten musste. Es ist gut, dass ich mich heute tagsüber ein wenig niederlegen kann; ich wäre sonst ganz erschöpft.

Zum ersten Mal in meinem Leben habe ich an einer Volksdemonstration teilgenommen, man muss auch das kennen. Ich empfand ein eigentümliches und sonderbares Gefühl, das ewig in meinem Gedächtnis haften wird. Und wie lächerlich auch immer dies erfahrenen Menschen vorkommen wird, das Interessanteste für mich war, dass wir nicht auf dem Bürgersteig, sondern auf dem Fahrweg gingen, wo doch sonst keiner geht, und dass nicht nur die Droschken, sondern sogar die Trambahnen und Automobile uns den Weg frei ließen. Das Ganze, die Flaggen, unser lautes und selbstbewusstes Singen, der Umstand, dass wir Polizei und Militär übertrumpften, verliehen uns große Wichtigkeit und erweckten den Eindruck, als ob wir ebenfalls Kämpfer, eine im Innern des Landes verbliebene Armee wären. Unter den Manifestanten befanden sich auch Soldaten und einer derselben, ein alter ausgedienter Admiral, versuchte uns beizubringen, im Schritt zu gehen; manchmal gelang ihm dies, und dann ertönten unsere Lieder noch kühner und wir fühlten uns den in den Kampf ziehenden Truppen noch ähnlicher. Und wie sangen wir schön! Welch unerschütterliche Zuversicht auf den Sieg, unsere Unbesiegbarkeit und Kraft empfanden wir!

Aber dadurch, dass wir auf diese ungewohnte Weise auf dem Fahrweg umherzogen und die Stadt sich mir von einer ganz anderen Seite zeigte, bekam für mich, wie am ersten Tage der Kriegserklärung, alles eine andere Einstellung, und zusammen mit einem großen Entzücken empfand ich aufs Neue die außergewöhnliche, mit nichts vergleichbare Furcht. Die ferne Türkei und der Krieg selbst kamen mir dermaßen nahe, dass ich sie buchstäblich mit der Hand hätte greifen können, und durch diese Annäherung wurde alles Sein so unhaltbar, so hoffnungslos, dass man jeden Augenblick darauf vorbereitet war, es in die Unterwelt versinken zu sehen. Und wieder waren es nicht die Türken, die mir furchtbar erschienen, wir verachteten sie aufs Tiefste, bedauerten sogar ihre Dummheit; aber etwas anderes, das ich nicht recht erklären kann, flößte mir Angst ein. Vielleicht das Gefühl der Unhaltbarkeit. Heute Morgen, zu meiner Arbeit gehend, bemerkte ich, wie auf Brettern ein Bäumchen irgendwoher transportiert wurde; es sollte wohl eingepflanzt werden. Die mit Erde bedeckten Wurzeln staken in einem kleinen Korb; das Bäumchen schwankte hin und her und war wahrscheinlich neugierig, wohin man es bringe, empfand gleich uns das Gefühl der Unhaltbarkeit. Wieder in die Erde gepflanzt, wird seine Lage eine natürliche sein, es wird sich stärken und wachsen, aber so zwischen diesen zwei Erden muss es sich sehr fremd fühlen.

Ich vermag nicht mit Bestimmtheit und Überzeugung zu sagen, weshalb ich so laut »Hurrah« schrie – aus Entzücken oder – aus Angst! Ich schrie gewissenhaft, aus voller Kehle, aber bei mir selbst dachte ich: »Mein Gott, mein Gott, wo ist das Ende?« Ich betrachtete die Häuser, die Leute, schaute zum Himmel hinauf, von dem ein frostiger Regen niederzurieseln begann, alles war so grau, so düster ... und es war unmöglich zu begreifen, was in der Welt geschah. Diesen Himmel und diese Häuser kannte ich noch aus meiner Kindheit; aber was war nun mit ihnen vorgefallen? Schließlich kam ich so weit, dass ich mir selbst fremd und unbekannt erschien, zum Spiegel ging, um zu sehen, wie ich den Mund aufmache und schreie, was ich für Züge habe.

Heute empfinde ich weder Entzücken noch Furcht, ich reiße den Mund weder zum Singen noch zum Schreien auf, aber in meiner Seele schmerzt eine zehrende Qual, eine fast krankhafte Melancholie. Mein Gott, wem nützt all dies? Natürlich, als Russe, der sein Vaterland liebt, kann ich nicht umhin, mich darüber zu freuen, dass die Meerengen und Part-Grad unser sein werden, aber hier, im Grunde meines Herzens, vermag ich mich eines gewissen Zweifels nicht zu erwehren: Wir haben doch auch ohne Part-Grad gelebt und uns nicht zu beklagen gehabt. Dass sie aber meinen Türken Ibrahim Bey umbringen werden, darüber besteht kein Zweifel und ist es mir von ganzem Herzen um ihn leid.

Warum deucht es mir, dass dieser dicke Türke mir ähnelt, der ich selbst gar nicht dick bin, und weshalb kränkt es mich, dass man ihn, der niemanden beunruhigt, beunruhigen wird? Jetzt freilich wird er voller Wut sein, das türkische Volk ist sehr grausam, aber schließlich kann man auch den zahmsten Hund, wenn man ihn reizt, so zur Raserei bringen, dass er auf den eigenen Herrn losfährt. Nein, was immer sie in unserem Kontor auch singen mögen, es missfällt mir immer mehr und mehr, dass Krieg ist.

Heute beging ich eine Dummheit und versuchte meiner Lidotschka zu erklären, was der Krieg sei und was die Türken seien, ich zeigte es ihr sogar auf der Landkarte. Natürlich verstand sie nichts davon. Was sie am meisten interessierte, war das viele Wasser; dann aber rief sie mich von der Zeitung weg und verlangte, ich solle zusehen, wie gut sie springen könne. Spring, Kind Gottes, spring nur und freue Dich, dass Du kein belgisches oder polnisches kleines Mädchen bist, das in den Flammen zugrunde gehen muss oder durch eine Bombe aus den Wolken getötet wird.

Es ist schmählich zu bedenken, dass man solche Kinder tötet.

2. *November*
In der Stadt geht das schreckliche Gerücht um, dass die Deutschen Warschau eingenommen haben, im Kontor sind alle ganz verzagt, und es tut einem ordentlich weh, Pan Swoliansky anzusehen.

Auch zu Hause gibt es große Unannehmlichkeiten. Erstens ist Mütterchen Inna Ivanowna ganz zu uns gezogen; bei Nikolai Jewgenewitsch gab es einen großen Skandal wegen seiner Frau und des Advokaten Kindiakow, er lässt sich von ihr scheiden. Durch Saschenka erfuhr ich, dass Nikolai mit dem Revolver auf Kindiakow schoss, ihn aber zum Glück nicht traf, und die Sache sich vertuschen lässt. Es ist noch gut, dass Mütterchen jenen Abend bei uns zubrachte und sich zum Übernachten bereden ließ, so dass sie von der ganzen skandalösen Geschichte nichts sah. Ich begreife nicht, wie man sich in dieser Zeit mit Liebeshändeln und Eifersucht befassen kann, wo ja ohnehin schon in der Seele kein Fleckchen zu finden ist, das nicht wund wäre. Und dass ein intelligenter Mensch über einen anderen herfallen kann! ... Empörend, schändlich! Nikolai Jewgenewitsch ist in den Kaukasus gereist, seine Frau und Kindiakow zittern vor ihm; sie will nun Schauspielerin werden oder so etwas ähnliches.

Dazu seit drei Wochen keine Nachrichten von Pawluscha, man kann sich vorstellen, was für eine Stimmung in unserem Hause herrscht. Mir erscheint diese Frist (angesichts der Langsamkeit und der Unregelmäßigkeit der Feldpost) nicht sehr lang, aber Inna Ivanowna kann oder will dies nicht einsehen und macht in ihrer Niedergeschlagenheit einen schrecklichen Eindruck. Außerdem geniert sie sich, fast könnte ich sagen, sie fürchtet sich vor mir, glaubt in ihrer wunderlichen Greiseneitelkeit kein Recht zu haben, bei uns zu wohnen, und wenn ich aus ganzem Herzen versuche, sie über Pawluschas Schicksal zu beruhigen, ihr die Unregelmäßigkeit der Feldpost zu erklären, beeilt sie sich mir beizupflichten, und sieht mich dabei so erschrocken an, als wollte ich ihr in verblümten Worten klar machen, dass sie unser Haus verlassen solle. Einmal konnte ich mich doch nicht enthalten, ihr zu sagen: »Schämen Sie sich denn nicht, Mütterchen? In was für eine Lage versetzen Sie mich? Ich will Ihnen doch nur Gutes erweisen und Sie sehen mich an, als wäre ich ein Deutscher aus Berlin.«

Dadurch habe ich sie noch mehr erschreckt ... es ist zu dumm. Wenn ich nicht da bin, weint sie stundenlang, so wird mir erzählt, in meiner Gegenwart lächelt sie, scherzt sogar, wenn man auch an der verwirrten Art, in der sie Worte und Begriffe verwechselt, merkt, wie ihr zumute ist. Eben brachte sie mir zum Beispiel selbst ein Glas Kaffee und vergaß den Zucker. Es ist so quälend, Dienste von einer alten Frau anzunehmen, die sich nur schwer auf ihren müden Füßen fortbewegt.

Am quälendsten aber ist, mich bis in die tiefste Seele hinein peinigend, meine gute Saschenka, mit der ich einfach gar nichts mehr anzufangen weiß. Dies ist ein Thema, über das ich nur hier, in meinem Tagebuch sprechen kann. Wie ich schon schrieb, ist in unserem Hause auf Kosten der Mieter ein Lazarett errichtet worden ... ich bedaure ja nicht die Auslagen, die es auch mir verursacht hat, aber seitdem der erste Zug Verwundeter eingetroffen ist, zieht es Sascha mit ihrem ganzen weichen Frauenherzen zum Lazarett hin. Tag und Nacht ist sie dort, man betrachtet sie als barmherzige Schwester, richtiger als Krankenpflegerin, obwohl sie nie einen Pflegerinnenkurs besucht hat. Es scheint dort keine Schwester zu geben.

Es ist ganz unmöglich, etwas gegen solch eine Güte, solch eine wahrhaft christliche Barmherzigkeit einzuwenden; alle Bekannten loben Saschenka, die Soldaten lieben sie, und sie selbst findet Befriedigung in ihrer Tätigkeit. Was kann ich anders als schweigen und zustimmen. Denn spräche ich, wie immer ich auch ein

Recht dazu hätte, man glaubte mir nicht, verurteilte, kränkte mich mit schweren Verdächtigungen, stellte mich als einen Egoisten, als einen dünkelhaften Beamten hin. Ein Mensch, der seiner Frau verbietet, sich im Lazarett abzuplagen! Ja, aber was soll das bedeuten, wenn es der Gesellschaft behagt, dass eine Frau sich nicht mehr um ihre Familie kümmert, sondern Wunden heilt, Schäden bessert, die diese Gesellschaft selbst verschuldet hat.

Außerdem, in aller Strenge meines Gewissens sprechend, kann ich nicht anders als bemerken, dass der Grund, der Saschenka ins Lazarett treibt, ein unmoralischer, böser und zu verurteilender ist. Es ist unmöglich, sich ganz der Barmherzigkeit hinzugeben und dabei die einem am nächsten stehenden Leute zu vernachlässigen; unmöglich, die einen zu bedauern und die anderen, nicht minder Hilflosen und Unschuldigen zu vergessen.

Sogar hier ist es mir peinlich, darüber zu sprechen, aber mein Magen ist nicht recht in Ordnung, und um für die Familie arbeiten zu können, muss ich, obwohl ich kein Kranker im eigentlichen Sinne des Wortes bin, normale, gut gekochte Nahrung bekommen; unsere Anissia aber, sich selbst überlassen, gibt mir so schlecht zu essen, dass ich bereits zweimal eine Art Cholera und starke Herzbeklemmungen hatte. Freilich, was bedeutet die Magenverstimmung irgendeines Ilia Petrowitsch gegen den ungeheueren, entsetzlichen Krieg, gegen die Leiden und Qualen der Verwundeten, der Beraubten, der Verwaisten? ... Man sollte sich schämen, überhaupt darüber zu sprechen; sogar der Arzt vernachlässigt jetzt derlei Krankheiten. Wenn man aber bedenkt, dass Ilia Petrowitsch ein Mensch ist wie alle anderen, dass er sein Leben lang ehrlich gearbeitet hat, nicht nur für sich selbst, auch für andere und auch jetzt noch fortfährt, die Familie und die kleinen Kinder zu erhalten, so wage ich zu behaupten, dass man auch seinem schwachen Magen Aufmerksamkeit schenken und Hilfe bringen muss.

Angenommen, dass ich selbst es mir mit meinem verachteten Magen einrichten kann, eben ein wenig hungre und dergleichen, – aber die Kinder? Es sind ihrer drei, Lidotschka, die Älteste, ist noch nicht ganz sieben Jahre alt (ich habe spät geheiratet) und unser Kindermädchen ist ein geschwätziges, ungebildetes, unvernünftiges Geschöpf, das imstande ist, mit den besten Absichten die Kinder durch falsche Ernährung zu vergiften oder einer Erkältung auszusetzen, wie es sich unlängst mit Petia ereignete. Er hatte nasse Füße bekommen und lag darauf drei Tage lang mit Fieber zu Bett, auch dem Jüngsten, Jenia, geht es nicht gut, er will nicht essen und ist ganz blass geworden; aber was kann ich, der ich nichts von Kindern verstehe, mit ihnen machen? Als ich Sascha von den Kindern und deren wirklich kläglichen Lage sprach, antwortete sie kurz: »Sag es dem Mütterchen, sie wird schon alles in Ordnung bringen.« Dem Mütterchen! Dieser Inna Ivanowna, die vom Winde hin- und hergeweht wird wie ein Flaumfederchen, die im Schlafen und Wachen nur ihren Pawluscha im Schützengraben sieht. Ich bestreite ja nicht, dass es eine Zeit gab, da Mütterchen im Hause arbeitete, aber wo ist die hin? ... Und ist es außerdem nicht gewissenlos, der schwachen alten Frau eine Last aufzubürden, die ihre Kräfte übersteigt. Es ist qualvoll, ihren greisenhaften, fruchtlosen Bemühungen zuzusehen. Neulich wollten die Kinder mit ihr spielen, oder fing sie selbst mit ihnen zu scherzen an; das Ende war, dass die Kleinen sie in aller Unschuld, wie junge Katzen spielend, auf den Fußboden warfen und fast erwürgten. Als ich sie aus dieser Lage befreite, weinte sie und ich sah voll Ärger auf ihre zerzausten, ungepflegten Quälgeister und schüttelte den Kopf.

All dies ist nicht gut, gar nicht gut. Saschenka handelt nicht recht, nicht nach ihrem Gewissen, nicht nach der Wahrheit. Nicht wir wollten den Krieg und haben ihn angestiftet und er hat kein Recht, dieser verfluchte Krieg, zu kommen wie ein Dieb in der Nacht, unser Heim zu zerstören und öde zu machen. Genügend groß sind die Leiden und Opfer, die wir mit Ergebenheit für ihn ertragen, wir, die wir schuldlos sind und es ist sinnlos, sich noch unter seine Füße zu werfen, wie sich die Inder unter den Karren ihres bösen Gottes Juggernaut werfen. Ich erkenne keine bösen Götter, anerkenne den Krieg nicht, und je mehr man mich von dem »hohen Sinn« desselben überzeugen will, desto weniger Sinn finde ich in meiner Umgebung, sogar in meinem eigenen Heim.

Oder hat es etwa einen Sinn, dass mein goldiges Kindchen, meine sanfte Lidotschka schon auf ihrem Kindergesichtchen Spuren der Trauer zeigt, es schmerzt mich der Anblick, wie ihre kleinen, schwachen, ungewaschenen Händchen in der Wirtschaft zugreifen, wie sie Gläser reinigt, Jenia zu waschen versucht und braucht doch selbst noch Pflege und Wartung.

Nicht gut ist es, nicht gut! Dabei wird das Leben mit jeder Stunde teurer, an Theater und Spazierfahrten ist nicht mehr zu denken, sogar mit den Tramfahrten muss man sparen, meist zu Fuß gehen; jetzt ist es schon kein Vorwand mehr, dass ich noch stets Arbeit nach Hause mitnehme und froh bin, eine solche zu bekommen. Das Klavier haben wir zurückgegeben. Verfluchter Krieg, der eben erst begonnen hat, von dem wir hier nur einen Vorgeschmack haben, und was erst dort geschieht, was die Menschen dort machen, kann man sich nicht ohne Entsetzen vorstellen.

Ich will gar nicht von den ungebildeten Klassen sprechen, aber von den Professoren, den Lehrern, Advokaten und anderen hochgebildeten Leuten, die sich bis auf den Tod bekämpfen, wie wilde Tiere übereinander herfallen, alles Menschliche zurückgelassen und verloren haben. Welchen Wert wird nach alldem die Wissenschaft und selbst die Religion haben? Früher blickte man zu so einem Professor auf und dachte: »Da ist ein Mensch, der nie Verrat üben wird, der feststeht wie eine Steinmauer, der nicht tötet, nicht stiehlt, keinen kränkt, weil er für alles Verständnis hat.« Heute aber sind diese Leute ebenso entsetzlich wie alle anderen, man kann sich nicht auf sie verlassen, die ganze Seele zittert wie ein Hammelschwanz, wie dies eine alte russische Redensart besagt.

Ich protestiere aufs Energischste gegen die Behauptung, dass wir alle an diesem Kriege mitschuldig seien, ich wie alle andern. Ihrer Meinung nach hätte ich mein Lebtag nicht essen und trinken dürfen, nur in den Straßen herumlaufen: »Nieder mit dem Krieg« schrein und den Soldaten die Waffen wegreißen müssen; es wäre nur interessant zu wissen, wer mir, außer den Polizeileuten, zugehört hätte. Und wo säße ich jetzt: im Gefängnis oder im Narrenhaus? Nein, ich leugne jede Schuld meinerseits, ich leide vergebens und ohne Sinn und Zweck.

Eine kleine Neuigkeit, Andrei Wassiljewitsch, mein zukünftiger Leser, erhielt mit einem Mal zwei Georgskreuze. Saschenka ist aus Freundschaft für Andrei Wassiljewitsch äußerst stolz über diese Auszeichnungen und ich wagte nur zu fragen: »Sind Sie selbst sehr zufrieden, Andrei Wassiljewitsch?«

*15. November*
Ich muss mir erlauben, ganz aufrichtig zu sprechen.

Seit einiger Zeit sind nie Zigaretten da, so viel ich auch kaufen mag, nun raucht außer mir niemand im Hause, folglich muss sie Sascha ins Lazarett zu den Verwundeten bringen. Ich kann sie doch nicht in meinem Tisch vor ihr verschließen wie vor einem Dieb! Heute versuchte ich ihr einen Wink zu geben und erhielt die Antwort: »Du brauchst selbst nicht zu rauchen, ich werde sie den Verwundeten bringen.« Und sie sah mich dabei so seltsam an, nicht Liebe, nein Hass, wie gegen einen Feind, blickte aus ihren lieben Augen. Es wurde mir so traurig und kalt, als säße ich in einem wirklichen Schützengraben unter strömendem Regen und von drüben zielten die verdammten Deutschen auf mich. Natürlich werde ich morgen zweitausend Zigaretten kaufen und auf den verschiedenen Tischen liegen lassen, sie soll nicht glauben, dass ich geizig sei ... aber wie kann sie nicht begreifen, dass es sich hier wahrlich nicht um Geiz handelt? O, Saschenka, Saschenka!

*19. November*
Ich gehe oft ins Lazarett, das jetzt von der Stadt übernommen ist und zwei Stockwerke umfasst. Mit fruchtlosem Herzleid sieht man all die Verwundeten, ohne Arme, ohne Beine, erblindet. Ein entsetzlicher Anblick, so dass man noch ein paar Stunden nachher die Zähne zusammenbeißen muss, besonders wenn »Frische«, wie die Schwester sie nennt, angekommen sind. Und nicht hinzugehen, sie nicht anzusehen, wird als Gemeinheit aufgefasst und schadet dir in der öffentlichen Meinung.

Einer der Verwundeten, ein älterer Mann aus dem Westen des Reiches, hat mich durch seine Erzählung tief erschüttert. Nach seinen Worten hatte er sich, als er einberufen wurde, fest vorgenommen, keinen Menschen zu töten und als er sich während eines Bajonettangriffes auf die deutschen Gräben stürzte, warf er, um gegen jede Versuchung gefeit zu sein, seine Waffen weg. So weit sehr schön. Als sie aber jenen verhängnisvollen Weg zurückweichen mussten, überwältigte ihn eine derartige Wut und Raserei, dass er – buchstäblich – seine Zähne in die Kehle eines Deutschen einschlug und ihm die Gurgel durchbiss. Grauenhaft! Noch schrecklicher aber ist, dass er jetzt, wenn ihn nachts die Fieberphantasien packen, wütend die Zähne in das Kopfkissen gräbt, im Wahn, dies sei der Deutsche; und er beißt und weint, beißt und weint.

Mein Gott, ist mit mir nicht auch etwas ähnliches vorgegangen? Als ich neulich in der Nacht über den Krieg und die Deutschen, die ihn angefangen haben, nachdachte, geriet ich in eine solche Verfassung, dass ich wahrhaftig einen Menschen hätte anfallen und beißen können. Saschenka verbrachte die Nacht im Lazarett und mir begann vor mir selbst zu grauen, vor Saschas leerem Bett, vor Mütterchen Ivanowna, die mehr einer Toten als einer Lebenden gleicht, vor all der Öde und Zerstörung; ich ertrug es nicht länger, kleidete mich an, dankbar, dass das Lazarett im selben Hause ist und ging zu Saschenka.

Wie sehr sich auch Sascha über mein nächtliches Erscheinen verwundern mochte, bat sie mich nur, ruhig zu sein, brachte mir sogar ein Glas Tee und lächelte mich an. Ringsum war tiefe Stille, das Lämpchen flackerte und man vernahm bloß, wie eine schwache Stimme: »Schwester, Schwester!« rief. Dann überkam der Fieberwahn jenen Verwundeten, der den Deutschen totgebissen hatte; er murmelte irgendetwas; sein ganzer Kopf war mit Verbänden umhüllt, die Finger fassten die Bettdecke, pressten sie zusammen – »er erwürgt den Feind« – flüsterte Saschenka. Sie gab ihm zu trinken, nach einiger Zeit beruhigte er sich, faltete die Hände wie ein Kind und schlief ein.

Ich blieb bis zum Morgengrauen dort und zu Hause angelangt, konnte ich lange nicht einschlafen, weinte vor Mitleid. Wenn man dieses verbundenen Kopfes gedachte, dieser bleichen Hände ... wie hart ist dies alles.

Ist es denn möglich, dass Saschenka recht hat und ich aus Geiz nicht von meinen Zigaretten geben will? Mein Gott, welche Gemeinheit! Und heute Nacht, als ich auf den Verwundeten sah, wäre ich doch auf den Knien vor ihm gelegen, wenn er von mir Zigaretten gebeten, wenn dieses arme gequälte Geschöpf zu rauchen verlangt hätte! Der Mensch hat ein kurzes Gedächtnis.

*17. Dezember*
Von Pawluscha kamen mit einem Mal vier Briefe an, er lebt, ist gesund. Ist wieder in Preußen. Natürlich sind Mütterchen, Sascha

und ich voll Freude und Entzücken, aber ich muss doch weiter denken, wozu wäre ich sonst ein überlegener Mensch. In der Zeit, seit sein letzter Brief abging, kann Pawluscha doch schon hundert Mal verwundet oder getötet worden sein, wir wollen das nur nicht zugeben, freuen uns so über die Briefe, als wäre dieses weiche Papier mit den schwachen Bleistiftzügen Pawluscha selbst.

Unter anderem schreibt er:

»Was soll ich Dir noch sagen, liebe Saschenka? Alles ist hier außerordentlich interessant. In der schneeigen Dämmerung blickst Du auf eine große Masse sich bewegender Menschen und denkst ... Schnee ... Felder ... Deutschland ... das große Erlebnis, der große Krieg, da sind sie, vor Dir und Du bist mitten darin. Ein Offizier kommt vom Posten im schweren Pelz, mit Filzstiefeln, die Kapuze auf dem Kopf, ganz mit Schnee bedeckt, der langsam schmelzend von ihm herabrieselt. Du siehst zu, wie er sich auskleidet, mit Tee erwärmt und denkst: Das ist er, der große Krieg, das ist sie, die große russische Armee! Und im geringsten, allerunbedeutendsten Detail unseres Feldzuges fühlst Du die Größe des Geschehens. Man muss zugeben, dass allüberall an unserer Front die Operationen ein langsameres Tempo einzuschlagen scheinen. Der Schnee, die Kälte erschweren alles, besonders wirken sie auf die Menschen. Vermummt und eingehüllt gegen die Kälte, kann man sich nur mühsam und langsam bewegen. Und die schwere, die ganz schwere Zeit beginnt erst. So sitze ich zum Beispiel hier mit dem Offizier, trinke Tee aus einem Glas, das sogar eine Untertasse hat, plötzlich läutet das Telefon und ... alles ist mit einem Schlag verändert, wie im Traum. Die Batterie muss Werste weit zur Seite oder nach vorne geführt werden, man muss sich in die erstarrte, eisige Erde eingraben, für die Nacht eine kalte Erdhütte aufbauen, – o, wie kalt ist es jetzt in den Schützengräben! – und dort in der Feuchtigkeit mit hungrigem Magen zu schlafen versuchen. Und das ist keine Erfindung, keine Phantasie, sondern ein fast täglich sich ereignender Wechsel der Dekoration. Nichts ist sicher, nicht für eine Stunde! Übrigens, weißt Du, Saschenka, wie von Blut bedeckter Schnee aussieht? Genau wie eine Wassermelone ... seltsam!«

Im anderen Brief schreibt er, wie er auf Posten in der Nacht sich mit feuchtem Stroh bedeckte, um sich warm zu halten, wie ihn dann am Morgen der Frost überraschte und er sich mit seinem Stroh von der Erde losreißen musste. Armer Pawluscha, und wir lesen den Brief und freuen uns.

*31. Dezember*

Das ist ein Schneegestöber heute! Schneeberge bedecken alle Gesimse, haben die Mauern fahl bemalt, die Häuser sehen aus weißen Augen wie erfrorene Fische, es erweckt den Eindruck, als stünden diese Häuser gar nicht in einer Stadt, sondern in geschlossener Reihe auf einem öden, verschneiten Feld. Ich ging an der Isaakskirche vorbei, deren Stufen und Säulen im Schnee vergraben sind, und diese Granitsäulen muteten so kalt an, dass man es möglichst unterließ, sie anzusehen. Ganz vermummte Leutchen eilen auf den Straßen hin und her, gegen den Wind, mit dem Wind, die Mehrzahl jedoch sitzt zu Hause. Und plötzlich kam mir der Gedanke, wie es wäre, wenn ich überhaupt kein Heim hätte und für immer und immer auf der Straße bleiben müsste. Man könnte den Verstand verlieren. Und wie mag es jetzt dort sein?

Ich schreibe jetzt nie in meinem Tagebuch. Ich bin so überhäuft mit wichtiger Arbeit, dass ich nicht Zeit habe aufzuatmen. Mein Befinden lässt zu wünschen übrig, eine Müdigkeit und Schläfrigkeit plagt mich, das Herz ist mir bleischwer, ich kann mich im Bett kaum unter zwei schweren Decken erwärmen. Es ist noch gut, dass die Wohnung warm ist.

Nun steht bereits Weihnachten vor der Türe und wo ist das Ende des Krieges? An Stelle der sonst auf den Plätzen verkauften Weihnachtsbäume marschieren und exerzieren Soldaten, wo immer man hingehen mag, überall sieht man welche. Sie scheinen ganz lustig zu sein und aus irgendeinem Grunde zieht es mich zu ihnen hin. Auf dem Schlossplatz sah ich unlängst ein seltsames Schauspiel, das mir auf den ersten Blick recht lächerlich vorkam. Es exerzierten dort etwa fünfundzwanzig Mann und als ich sie aus der Ferne betrachtete, schien es mir, als stünden sie alle im hellen Sonnenlicht. Aber die Sonne schien nicht, was war das Seltsames? Ich trat näher und musste unwillkürlich über meinen Irrtum lachen, sie waren alle, bis auf den letzten Mann, rothaarig, mit roten Bärten und dieses viele Rot wirkte wirklich genau wie Sonnenstrahlen. Als ich sie aber genauer betrachtete, verstummte mein Lachen, die Bärte waren rot, aber die Gesichter alt und blass, wie abgestorben, mit leidvollen Augen, sie sahen aus wie die verkörperte Traurigkeit; es mussten Familienväter aus den Westgouvernementen sein. Später erfuhr ich, dass alle Rothaarigen einem bestimmten Regiment oder der Garde einverleibt werden.

Ich habe mehr Geld erarbeitet, um über die Feiertage Saschenka dem Lazarett zu entführen und mit ihr und den Kindern für drei Tage irgendwohin nach Finnland zu fahren. Man muss sich von den Zeitungen erholen, ich bin müde. Und es ist so dunkel in den Zimmern, wir beginnen alle fast zu erblinden und die gelben Gesichter kann man kaum mehr ansehen. Müde bin ich, müde.

*Montag, den 4. Januar*

Pawluscha ist gefallen. Mein Gott!

*Nachts*

Pawluscha, Du mein Pawluschenka! Mein unersetzlicher kleiner Junge, mein geliebtes Brüderchen! Wir waren uns fremd, zu wenig zärtlich war ich Dir, ich habe ja nicht gewusst, dass Du sterben wirst, ich bekenne mich schuldig und weine jetzt darüber bittere Tränen. Wo sind nun Deine sanften Augen, Dein unentschlossenes Lächeln, Dein Schnurrbärtchen über das wir alle immer lachten? Getötet, ich kann es nicht fassen, was das heißt. Getötet!

Du mein Täubchen, mein Freund! Mein Verteidiger! Nun liegst Du unter der Erde und hörst mich nicht. Du schreibst, dass Dich friere ... könnte ich Dich in meine Arme nehmen, Dich fest an mich drücken, Deinen ganzen Körper erwärmen, Dir all meine Wärme geben. Du mein kleiner Junge, mein einziger! Und Du wirst nicht wissen, wie dieser Krieg, der Dich so interessierte, endigt ... Pawluscha! Pawluschenka.

## ZWEITER TEIL

### 1915

*18. Januar*
Von Pawluschas Tod wurde ich durch seinen Kameraden, den Freiwilligen Petrow, benachrichtigt. Anscheinend ängstigte sich Pawluscha, seiner Mutter und Saschenka eine Trauerkunde unvermittelt zukommen zu lassen, und hatte schon vor längerer Zeit seinem Kameraden meine Kontoradresse gegeben, damit ich es sei, der seinen nahen Anverwandten die entsetzliche Nachricht überbringe. Niemals werde ich den furchtbaren Augenblick vergessen, als ich das von fremder Hand adressierte Feldpostkuvert öffnete und sofort ein Unglück ahnend, die kurzen Zeilen las. Dies geschah im Kontor und alle bemitleideten mich, aber was half mir ihr Mitleid? ... Ich wollte mich sofort nach Hause begeben, gefoltert von dem Gedanken, wie ich es Saschenka und Mütterchen mitteilen solle.

Aber schon auf dem Wege ins Lazarett, wo sich Saschenka befand, kehrte ich um und rannte zwei Stunden lang sinnlos durch die Straßen, trat sogar ins Café Filischow ein. Ich entsinne mich nicht, ob an diesem Tag so viel Schnee gefallen war, aber alles erschien mir ungewöhnlich, fast unnatürlich weiß; fremd und seltsam war es, die Leute und die Trambahnen anzusehen, und als die Glocken der Trams ertönten, ging mir dieser Klang schmerzhaft durchs Gehirn. Alle Menschen schwiegen, nur eine Tramglocke läutete und läutete wie verrückt. Damals konnte ich nicht weinen, der Gedanke an Saschenka und Mütterchen ließ meine Tränen versiegen.

Doch wozu dies schildern, es ist doch alles so begreiflich! Nur eines will ich sagen: Lieber die Todesstrafe, lieber jegliche Folter erleiden, als einer Mutter als Erster sagen, dass ihr Sohn gefallen ist, tot ist. Käme ich noch einmal in diese Lage, ich würde eher

Hand an mich selbst legen, als noch einmal solche Worte aussprechen, in Augen sehen, die noch ahnungslos, voller Fragen und Vertrauen auf mich blicken. Und wie traurig sie auch jetzt sind, wie weh es mir tut, allabendlich die Gespräche über den geliebten Pawluscha anhören zu müssen, ich kann mich nicht erwehren, froh zu sein, dass dies schon alles hinter uns liegt, dass es sich nicht mehr wiederholen kann. Und weiß doch nicht, ob es nicht leichter wäre, selbst zu sterben, als dies Leid mit ansehen zu müssen.

Natürlich sind wir nicht nach Finnland gefahren. Saschenka hat ihr Lazarett im Stich gelassen und verbringt, den eigenen Kummer bekämpfend, die ganze Zeit mit Inna Ivanowna. Und was ist über die alte Frau zu sagen? Sie ist nicht gestorben, aber sie lebt auch nicht mehr. Ich begreife sie nicht. Genau zwei Stunden weint sie für sich in irgendeinem Winkel, dann geht sie mit Saschenka die Seelenmesse anhören, irrt ziel- und sinnlos in der Wohnung umher, beginnt mit einem Mal Staub zu wischen, wo nie Staub gelegen, bringt mir wie immer den Kaffee ohne Zucker. Gestern war sie plötzlich verschwunden. Eine halbe Stunde lang suchten wir sie vergebens; was sie sich dachte, wissen wir nicht, aber es scheint, dass sie sich ins Wasserkloset eingeschlossen hatte und die Tür nicht mehr zu öffnen vermochte. Wir riefen sie, schrien nach ihr – aber sie gab keine Antwort; erst als wir fast die Tür einrannten, erhob sie ihre Stimme. Aber wie immer wir ihr auch durch die Tür erklärten, wie sie dieselbe zu öffnen habe, gelang ihr dies doch nicht. Man musste ins Kontor gehen und den Schlosser herbeirufen. Saschenka machte ihr Vorwürfe: »Du hättest doch rufen sollen, Mama, wir haben uns nach Dir heiser geschrien!« –

Die alte Frau schwieg, dann begann sie zu weinen. Noch jetzt schämt sie sich, wenn Lidotschka oder das Kindermädchen sie dorthin begleiten und man kann sie doch nicht allein lassen.

Und das nennt man – Feiertage, Weihnachten! Es ist schrecklich! Die Tage sind doch noch erträglicher, nachts aber liege ich mit verhaltenem Atem lauschend, wer früher in seinem Bett zu weinen beginne, – Saschenka oder Mütterchen. Es kommt vor, dass es bis zur Morgendämmerung still bleibt, vielleicht schlafen sie, – ich beeile mich selbst einzuschlummern – und höre plötzlich, dass das Bett vom Schluchzen erschüttert wird ... Es fängt wieder an!

Zum letzten Mal haben wir Pawluscha am 17. August gesehen, noch in der Sommerfrische, als Mütterchen bei uns zu Besuch war. Das Regiment, das im Innern Finnlands gestanden, zog aus, um seine Stellung einzunehmen und Pawluscha eilte zwischen zwei Zügen, auf eine halbe Stunde zu uns. Es war bereits Nacht, wir waren erstaunt, verwirrt, wie verloren. Er trug seine schwere Felduniform, Stiefel und Sack, war braun gebrannt, verstaubt, schier unkenntlich in dieser kriegerischen Ausrüstung mit dem ungeschnittenen Haar. Sie hatten irgendwo im Walde Bäume gefällt, den Boden aufgegraben und er glich mehr einem Bauern als einem Soldaten. Er flüsterte uns zu: »Wünscht mir Glück zum Feldzug, wir gehen nach Warschau, aber verheimlicht es Mütterchen einstweilen noch.«

Natürlich sprach man nur von gleichgültigen Dingen, bemühte sich, ihm gut zu essen zu geben, hungrig war er, wie ein echter Soldat. Wir saßen alle auf der Terrasse.

Ich betrachtete sein Gewehr, es war schlank wie ein junges Mädchen, die Nummer desselben habe ich vergessen, obwohl er sie mir sagte; wie soll ich auch die Nummer noch wissen, wenn ich mich nicht mehr an seinen Gesichtsausdruck erinnern kann, nur noch weiß, dass er ganz eigenartig war. Ich tat damals auch nicht, an was ich all' die Zeit über dachte: führte ihn nicht durch das ganze Haus, damit er sich davon verabschiede. Wie hätte man auch sagen können:

»Nimm von allen Abschied, Pawluscha ... Es kann sein, dass Du dies alles nie mehr sehen wirst!«

Er dachte wohl das Gleiche, wenn er sich auch nicht entschließen konnte, es auszusprechen; so saßen wir abseits auf der einen Terrasse, gingen nicht einmal in die Zimmer hinein. Dann begleiteten wir ihn alle zu der unweit unseres Hauses gelegenen Station, küssten ihn herzlich und sahen, wie er rasch in den Lastwaggon kletterte, in dessen Dunkel einzelne Soldatengestalten, lachend und scherzend, sichtbar wurden – seine neuen Kameraden. Der lange Zug setzte sich sehr bald in Bewegung, an allen Türen standen Soldaten und schrien »Hurrah« – dann trat eine große Stille ein; alles war vorbei. Warum entsinne ich mich noch so gut des roten Lichtes am letzten Waggon? Gerade dieses? Weiter erinnere ich mich noch, wie still es im Hause war, als wir heimkehrten.

Und jetzt ist er tot und wo sie ihn verscharrt haben, wissen wir nicht; ich kann es nicht fassen, ich kann es nicht! Ich begreife die Ereignisse, begreife den Krieg nicht. Ich fühle nur, dass er all die Unsern erwürgt, dass es vor ihm für Klein und Groß keine Rettung gibt. Alle Gedanken empören sich dagegen, ich lebe in der eigenen Seele wie in einem fremden Hause, an keinem Fleckchen derselben kann ich mich selbst wiederfinden. Wie war ich früher? Ich entsinne mich dessen nicht mehr.

Irgendetwas hat mich mit seinen ungeheuren Tatzen erfasst und modelliert nun aus mir eine seltsam fremde Figur ... woher Kraft zum Widerstand nehmen?

*30. Januar*

Heute haben wir einen schönen Schrecken gehabt! Plötzlich war Mütterchen aus der Wohnung verschwunden, sie ging am Morgen aus und war am Abend noch nicht zurückgekehrt. Ich war im Büro, Saschenka zum ersten Mal wieder im Lazarett, und das dumme Kindermädchen konnte uns nichts erklären, hatte nicht einmal bemerkt, wie Inna Ivanowna das Haus verließ, hatte es keinem von uns mitgeteilt. Es war ganz natürlich, dass wir befürchteten, Mütterchen sei bei ihrer Zerstreutheit und Achtlosigkeit unter die Trambahn oder ein Automobil geraten. Ich rief Saschenka, wir verloren beide den Kopf, ich stürzte ans Telefon, bei allen Bekannten und sogar bei den Polizeistationen Erkundigungen einziehend, und plötzlich ... erschien Mütterchen. Sie war ausgegangen, ohne jemandem ein Wort zu sagen, und hatte am äußersten Ende des Wassili Ostrow eine alte befreundete Dame besucht. Bei dieser hatte sie dann bis zum Abend gesessen! Wie hätte einem dies einfallen sollen?

Natürlich machte Saschenka ihr heftige Vorwürfe, Mütterchen fühlte sich beleidigt und begann zu weinen: Wir mussten sie noch beruhigen. Sie wird von nun ab bewacht werden müssen.

*2. Februar*

Die Deutschen beginnen, Dampfer zu versenken. Was kann man anders tun, als über ein solch wahnsinniges, jede Grenze des menschlichen Verstandes überschreitendes Vorgehen die Achseln zu zucken? Sind nicht diese Unterseeboote schon an sich selbst etwas unendlich Böses, das naturgemäß alles sinnlos überfallen und vernichten muss? Werden die Menschen von Dunkelheit und Hitze dort unten nicht vergiftet, nicht zu Wahnsinnigen, die jedes menschliche Empfinden verlieren? Unser Kontor entrüstet sich, ich aber zucke nur zweifelnd die Achseln und fühle, dass ich eben so dumm aussehen muss wie diese Deutschen, die Schiffe versenken. Was ist da zu sagen?

*27. Februar*
Ich war erkältet und habe die ganze Woche mit einer heftigen Influenza daheimgesessen. Ungeachtet der Krankheit hätte die Zeit eine Erholung für mich sein können, wären nicht die Zeitungen gewesen, die ich aus Mangel an Beschäftigung las, wie ein Trunkener, die Ereignisse dieser furchtbaren Zeit betrachtend. Was sie schreiben, was sie tun ... es ist unsagbar. Besonders empörte mich ein sehr geehrter Herr, der durch ein seltsames Missverständnis zu den Koryphäen unserer Literatur gerechnet wird. Meinem Gewissen nach kann ich seine gemeinen Artikel nur niederträchtig und verbrecherisch nennen, wenn sie auch unser ganzes dummes Kontor in Entzücken versetzen. Gottlose Artikel! In funkelnden, farbenprächtigen Ausdrücken will dieser Herr, der die Sprache beherrscht wie ein Advokat, uns davon überzeugen, dass der Krieg der Menschheit ein außergewöhnliches Glück bringen wird, natürlich erst in ferner Zukunft. Von der gegenwärtigen Menschheit fordert er, dass sie in aller Ergebenheit für das Glück der kommenden zugrunde gehe. Der heutige Krieg ist für ihn wie eine Krankheit, die die einzelnen Zellen im Organismus abtötet und dadurch den ganzen Körper erneuert, mögen die einzelnen Zellen sich damit trösten! Aber wer sind diese Zellen? Anscheinend ich, Inna Ivanowna, unser armer gefallener Pawluscha und alle die Millionen Getöteten, Zerfleischten, in deren Blut und Tränen diese unselige Erde bald ertrinken wird.

Nicht schlecht, diese Ansicht!

Das Endresultat ist, dass wir, die Zellen, nicht nur nicht protestieren, uns nicht empören und keinen Schmerz empfinden, sondern überdies von großem Entzücken beseelt sein und frohlocken sollen, weil wir uns nützlich erweisen dürfen. Wenn wir nun aber nicht frohlocken wollen? Das macht auch nichts, das ist unsere Sache. Der Krieg nimmt was er braucht, fünf oder zehn Millionen Menschen, dann werden die Gesundung und das Glück kommen. Um das zu erreichen, ist aber, den Worten des Herrn Schriftstellers zufolge nötig, dass die Zurückgebliebenen, Erschöpften Frondienste tun, außergewöhnliche Dinge vollbringen, einander lieben, noch bei lebendigem Leibe zu Engeln werden. Gelänge es mir diesen Evangelisten zu packen, ich würde ihm einen warmen Empfang bereiten, schließlich gibt es ja noch Ruten auf der Welt und wir haben uns noch nicht in Engel verwandelt! Außerdem wäre es für Engel unpassend, sich wie Zellen zu zersetzen.

Also heute bin ich nicht mehr Ilia Petrowitsch Dementjew, sondern eine Zelle, der es nicht einmal zukommt, ein Urteil zu haben, weil sie dadurch der allgemeinen Sache schaden könnte. Nein, sehr geehrter Herr, ich bin keine Zelle, ich bin Ilia Petrowitsch Dementjew, der war ich früher, der bleibe ich auch! Und wie sehr Sie mich auch zum fröhlichen Sterben auffordern, ich werde nicht in den Tod wie zum Tanze gehen, und wenn es Ihnen gelingen sollte, mich in den Tod oder das gelbe Haus zu treiben, so werde ich mit einem Fluch und im unversöhnlichen Hass gegen die Mörder sterben! Nein, ich bin keine Zelle und ein Engel nach Eurem Rezept will ich auch nicht werden, lieber bleibe ich der sündige Ilia Petrowitsch, der seine Sünden vor Gott zu verantworten hat und nicht vor Dir, Du unbedeutendes, kleines Schreiberlein!

Und will auch nicht für die kommende Menschheit zugrunde gehen, verspüre nicht das geringste Verlangen danach! Wenn der Mensch von gestern für mich leiden musste, ich für den von morgen leiden muss, der wiederum für den von übermorgen wird leiden müssen, wo ist dann das Ende, wo der Sinn dieser Sinnlosigkeit? Nein, genug dieses Betruges! Ich will selbst leben, die Güter des Lebens genießen, nicht die Erde für irgendeinen zukünftigen Gentleman düngen, damit er seine Hände weiß, ungehärtet von Arbeit erhalten kann ... ich hasse ihn mitsamt seiner ganzen Glückseligkeit. Ich habe keinen Bedarf für diesen Herrn!

Zellen! Du sollst es wissen, Pawluscha, in Deinem verlassenen Grabe, auf irgendeinem öden preußischen Feld, dass Du nichts anderes warst als eine Zelle, und Sie, Inna Ivanowna, haben Sie die Güte sich zu beruhigen, Ihre bleichgeweinten Wangen rot zu schminken, das war nicht Ihr Sohn, der gestorben ist, den sie Ihnen genommen haben, nur eine Zelle ging zugrunde und liegt dort auf dem Weg. Wage es nicht einmal, mich so zu nennen, unwissender Schriftsteller, und wenn ich sterbe, des Verstandes beraubt, zugrunde gehe, dann tanze nicht vor Freude auf meinem Grabe, frevle nicht, – beweine mich. Jeden sollst Du beweinen, weil er nicht mehr wiederkehrt. Denke nicht daran, dass Du ein stolzer Schriftsteller und ich nur der kleine, allen unbekannte Ilia Petrowitsch bin, – mit allen Deinen Tränen sollst Du mich beweinen, mit aller Kraft Deines Mitleids mich bedauern, mit Blumen mein vorzeitiges Grab schmücken!

Welche Torheit liegt in dieser ihrer Arithmetik, Menschen nach Millionen zu zählen, wie Körnchen in einem Scheffel. Sie belügen sich ja nur selbst, diese Toren mit ihrer Millionenrechnung. So kann man Körner und Gurken zählen, aber nicht Menschen, das ist keine Berechnung, das ist ein teuflischer Betrug. Jeder, der die Menschen nicht bei ihrem Namen nennt, der sie als Ziffer betrachtet, ist ein Diener des Teufels und ein Betrüger: Er belügt sich selbst und andere, – sowie man anfängt die Menschen nur mehr zu zählen, geht jegliches Mitleid, jegliche Urteilskraft verloren. So schrieb zum Beispiel eine Zeitung anlässlich eines Zusammenstoßes mit dem Feind: »Unsere Verluste waren unbedeutend, zwei Tote und fünf Verwundete.«

Es wäre interessant zu wissen, für wen dies »unbedeutend« Geltung hat? Für den, der getötet wurde? Interessant, ob er selbst vor Freude darüber strahlt, und ob er, wenn er aus seinem Grabe auferstünde, diesen Verlust für »unbedeutend« erklären oder etwa ein wenig anders darüber denken würde? Könnte er sich an alles erinnern, vom Anfang an, an die Tage seiner Kindheit, die Familie, die geliebte Frau, wie er auszog und sich, von den verschiedensten Gedanken und Gefühlen erfasst, fürchtete, und wie das Ende all dieses Tod und Entsetzen war ... Uns aber wird bewiesen, dass die »Verluste unbedeutend« sind! Dies sollst Du bedenken, gottloser Schriftsteller! Geh zum Teufel, dem Du dienst, mit Deiner weisen Arithmetik und lüge uns nichts von der allgemeinen Glückseligkeit vor, von der Du, wie ich sehe, gar nichts verstehst. Wie mich doch dieser Mann empört, der Teufel möge ihn holen!

Die Kinder sind gesund, Lidotschka hat zwei Milchzähnchen verloren, dadurch sieht ihr Gesichtchen noch lieber und zärtlicher aus. Es ist angenehm, ein gelehrtes Töchterchen zu haben; als ich krank war, las sie mir Märchen vor.

*11. März*

Die Hebamme Fimotschka hat die interessante Beobachtung gemacht, dass vor dem Kriege rote Blumen, rote Damenkleider, Schleifen und Hüte die große Mode waren. Soweit ich mich entsinnen kann, ist dies richtig und unwillkürlich geht einem der Gedanke durch den Kopf, ob dies nicht eine schreckliche Ahnung, ein Vorgefühl der bevorstehenden, blutigen Greuel war. Wenn dem aber wirklich so ist, wie blind waren dann jene, die die roten Blumen fröhlich fanden; in welchem Dunkel tappt doch der Mensch umher! Woher kommt es, dass man heute nirgends mehr rote Blumen sieht, hat sie der Wind verweht, oder der Regen gebleicht? In welchem Dunkel tappt doch der Mensch umher, nicht einmal in der Wahl seiner Kleidung scheint er frei zu sein!

Ich bin müde, das Tagebuch zieht mich nicht mehr an, es gibt viel Arbeit. Dieser verfluchte Krieg verschlingt das Geld wie die Schweine Apfelsinen, man kann nicht genug an die Zukunft denken. Und seltsam ist mir zumute, nicht dass ich mich an das Seelenmorden gewöhnt, mich endlich in alles hineingefunden hätte, aber ich sehe voller Ruhe auf die bedeutungsvollsten Dinge, lese: tausend Tote, zweitausend Tote ... und rauche dabei gleichmütig meine Zigarette an. Ich lese die Zeitungen nicht mehr wie in der ersten Zeit, da ich selbst lief, sie zu kaufen und in Regen und Unwetter lesend an einer Straßenecke stand. Wozu soll man sie lesen?

Saschenka ist, wie früher, immer im Lazarett, ich sehe sie nur wenig; natürlich geht bei uns wieder alles drunter und drüber. Man gewöhnt sich auch daran, es muss wohl so sein, ich bemerke kaum mehr, was wir essen. Mütterchen könnte ebensogut nicht im Hause sein, man empfindet ihre Anwesenheit gar nicht, sie ist still wie eine Maus. Das einzig fröhliche Element ist Lidotschka, ich beschäftige mich viel mit ihr, lese mit ihr zusammen Märchen. Sie ist ein schönes kleines Ding, eine wahrhafte Gabe Gottes, wenn ich im Dunkel heimkomme, ist sie wie ein freundliches Lämpchen, meine liebe Kleine.

Schließlich will ich noch ein Geheimnis offenbaren, für das mich ernste Menschen wohl nicht loben werden, aber, bei Gott, ich brauche ihr Lob nicht. Neulich war Fimotschka in Saschenkas Abwesenheit bei uns, und als sie sah, wie sehr mich die Langeweile plagte, lehrte sie mich Patiencen legen. Es ist ja eine dumme und fruchtlose Beschäftigung, aber bei schlechter Stimmung, wenn der Kopf weder zum Lesen noch zum Sprechen taugt, hilft es über die Zeit hinweg, und erleichtert das Vergessen. Ich versuchte es Inna Ivanowna zu lehren, aber sie verstand es gar nicht, es war ihr sogar widerlich und sie sah darin einen Versuch, sie zwangsweise von ihrem Kummer abzulenken. Übrigens habe ich im Kalender darüber einen guten Ausspruch gelesen: »Wer in der Jugend nicht Kartenspielen lernt, bereitet sich ein trübes Alter vor.« Aber man muss nicht nur Kartenspielen lernen.

Ich bin so müde.

*19. März*

Ich habe einen Brief von Andrei Wassilewitsch erhalten. Er drückt seine innigste Teilnahme zum Tode Pawluschas aus, den er sehr liebte. Andrei Wassilewitsch entschuldigt sich, dass er nur kurz schreibt, aber er sei sehr beschäftigt und ganz erschöpft; als Antwort auf einige meiner Fragen und Ansichten gibt er mir den unerwarteten Rat, von den Deutschen zu lernen! Dies ist der Inhalt seines erstaunlichen Briefes:

»Ich liebe die Deutschen nicht, aber von ihnen zu lernen, ist für keinen ein Zeitverlust, und wird insbesondere für Sie von Nutzen sein. Es muss jedermanns Beifall finden, wie die Deutschen ihr Staatsleben aufgebaut haben, welch weise Fähigkeit der Selbsteinschränkung ihnen eigen ist: Sich dessen bewusst, dass eine unregelmäßig gebaute Mauer zusammenbricht, modelt sich der Deutsche freiwillig wie einen Ziegelstein um, schleift alle Ecken und Vorsprünge, die den Aufbau hindern könnten, ab. Und diese Ziegelsteine geben schon durch ihre Form allein einen festen Halt, kommt nun noch Zement dazu, so bekommst Du eine wirklich feste Mauer, nicht einen durchlöcherten Zaun, wie bei uns. Zweifeln Sie nicht daran, sondern lernen Sie von ihnen, Ilia Petrowitsch.«

Ich lausche: Zuerst war man eine Zelle, nun soll man sich in einen Ziegelstein verwandeln. Dass man ein Mensch ist, wird einem aufs Entschiedenste zu vergessen geraten, und Ilia Petrowitsch wird zu einer Nummer, Ziegelstein Nummer so und so, erhoben.

Angenommen, dass ich zu einem Ziegelstein werde, aber wer soll der Architekt sein? Und muss ich auch dann ruhig liegenbleiben, wenn es dem Herrn Architekten plötzlich einfallen sollte, statt Kirchen oder Palästen ein öffentliches Haus zu erbauen? Nein, Andrei Wassilewitsch, ich bin keine Zelle, kein Ziegelstein, so wie ich von Anbeginn Ilia Petrowitsch war, so werde ich es bleiben, bis an mein Ende. Der Zellen und Ziegelsteine gibt es viele, die alle einander gleichen, ich aber bin einzig und allein in meiner Art, nie war ein anderer Ilia Petrowitsch auf der Welt, und wird auch nie sein. Und solange mir noch die Kraft bleibt, werde ich ich bleiben, mich nicht selbst aufgeben, nicht dem Kriege unterwerfen, mich selbst unter Eurer donnernden Trommelbegleitung den Raben zum Fraße hinwerfen.

Ich bedaure es sehr, die Taktlosigkeit begangen zu haben, mich mit meinen Fragen an einen Menschen zu wenden, der sich nur mit kriegerischen Dingen befasst und gar nicht anders kann, als uns, die Helden des Hinterlandes, zu verachten.

*23. März*

Hurrah! Wir haben Premysl eingenommen, ganz Petrograd ist eitel Jauchzen und Frohlocken. Welch glücklicher, welch schöner Tag!

Als wir durchs Telefon von der Redaktion diese Nachricht ins Kontor erhielten, überwältigte mich eine solche Freude, dass ich mich rasch anzog und auf die Straße eilte ... Noch nie hatte ich unser Petrograd so schön und so fröhlich gesehen. Der Schnee fiel in großen Flocken, die Vorübergehenden waren ganz verschneit, aber aus der weißen Hülle sahen rosige, heitere Gesichter, leuchtende, glänzende Augen heraus. Ja, – sogar die Petrograder waren rosig geworden! Rasch sammelte die Menge sich an, Hymnen wurden gesungen, man zog zu einer Demonstration vor das Schloss, leider konnte ich daran nicht teilnehmen, da ich ins Kontor zurück musste.

Doch welche Freude herrschte! Und erst heute wurde mir klar, wie schwer die vorhergegangenen Tage und Monate zu ertragen gewesen waren; wie sehr wir uns an die Hoffnungslosigkeit, die undurchdringliche Düsterheit des Lebens gewöhnt hatten und bereits anfingen, dies als etwas natürliches zu empfinden. Es ist schon ein merkwürdiges Gefühl, auf den gestrigen Tag, der doch noch so nahe liegt, zurückzublicken und auf die anderen endlosen Tage und Nächte, die jeden Sinn verloren hatten, Tage, an denen man nicht lebte, Nächte, in denen man sich nicht ausruhte. Aber wie schlecht auch immer das Heute ist, Gott gebe, dass das Morgen nicht noch ärger werde. Zum ersten Mal während dieses Krieges (ich weiß dies nicht zu erklären) begriff ich, was das Wort »Sieg« bedeute. Ja, es ist kein leeres Wort, es durchdringt den ganzen Menschen bis ins Innerste, erhebt ihn zu ungeahnten Höhen. »Sieg« ... ein so schlichtes Wort, wie oft habe ich es gehört, selbst ausgesprochen, jetzt erst sehe ich, welchen Schatz es in sich birgt. »Sieg!« Durch das ganze Haus möchte ich es schreien: »Sieg, Sieg!«

Es ist selbstverständlich, dass ich aus der Erregung nicht herauskomme. Und seltsam, es ist eine freudige Erregung und doch füllen sich die Augen die ganze Zeit mit brennenden Tränen, wenn ich mich darauf besinne, dass wir Russen sind, dass es auf der Erde ein Land gibt, das Russland heißt. Ganz plötzlich ist mir das alles klar geworden ...

Sehe ich Soldaten auf der Straße, so bin ich auch schon bereit, aus Zärtlichkeit über ihre grauen Mäntel zu weinen, ich lächle ihnen zu, mache ein törichtes Gesicht, benehme mich überhaupt wie der Dümmste der Dummen. Besonders erschüttert mich das Wort: »Russland«, rein als hörte ich es zum ersten Mal, und hätte früher gelebt ohne zu ahnen, dass ich in Russland lebe und ein Russe bin. Seltsam, und trotz der Tränen ist es ein Gefühl freudigster Erregung.

Aus irgendeinem unbekannten Grunde steht ein Roggenfeld vor meinem Blick: Ich schließe die Augen und sehe ganz deutlich, wie im Kinematograph, die Ähren im Winde wogen und wogen ... irgendwo singt eine Lerche. Ich liebe dieses Vögelchen, weil es nicht auf dem Felde, nicht in den Dörfern singt, die anderen müssen bequem auf einem Zweiglein sitzen, sich vorbereiten, dann erst singen sie zusammen mit ihren Genossen, sie aber steigt allein in den Himmel, fliegt und singt. Aber ich fange ja an poetisch zu werden, plötzlich, ohne jeden Anlass, spreche ich von der Lerche! Es ist ja ganz gleich, ich möchte nur reden.

Noch etwas Sonderbares ist zu vermerken: Seit Pawluschas Todesnachricht sprach ich heute mit Sascha zum ersten Mal viel von ihm, als müsse auch ihn diese Siegesbotschaft berühren und er, unsichtbar zu uns zurückkehrend seinen gewohnten Platz an unserem Herde wieder einnehmen. Natürlich weinte Saschenka ein wenig, aber es waren schon nicht mehr die verzweifelten, heißen Tränen, das schreckliche Schluchzen, das früher nachts ihr Lager erbeben machte. Wir beschlossen, morgen zusammen in die Kirche zu gehen und eine Seelenmesse anzuhören. Ich liebe sonst diese Zeremonien nicht, diesmal aber erscheint es mir richtig und sogar angenehm.

Schließlich noch ein weiterer erfreulicher Umstand, ich teilte Saschenka in den mildesten Ausdrücken meine Unzufriedenheit über ihren steten Aufenthalt im Lazarett, ihr Vernachlässigen der Familie mit; zu meinen Erstaunen wurde Saschenka nicht nur nicht böse und brauste nicht auf, wie man es bei ihrem Charakter hätte erwarten können, sondern versprach von nun ab den Kindern mehr Zeit zu widmen, klagte sogar über Müdigkeit. Sie ist wirklich müde, jetzt erst merke ich, wie blass und mager sie ist. Viele, schwere Sorgen erfüllen mein Herz. Sie ist aber dadurch nur noch schöner geworden, meine Saschenka, und heute begriff ich, dass dies so für ihren Dienst nötig sei: Wenn ein Krieger stirbt, nimmt er in der Gestalt der über ihn geneigten, schönen Schwester von aller Schönheit Abschied, von aller Liebe, trägt dies letzte Bild mit sich, als unsterblichen Traum. Und wer weiß, wie vielen Kriegern, die schon den Tod herannahen fühlten, ein Blick dieser schönen, verweinten Augen Absolution und Verzeihung verhieß.

Heute zum ersten Mal bedaure ich nicht, dass Saschenka bei ihren Verwundeten ist und ich allein bin. Ich bin von einem einzigen Gedanken erfüllt, denke nur an den Sieg ... Welches Glück! Es ist kaum zu zählen, wie oft ich dies Wort in Romanen, Geschichtsbüchern und in der letzten Zeit in den Zeitungen gelesen habe, und jetzt, zum ersten Mal erhalte ich urplötzlich ein Bild von diesem Fabelwesen, dem die Menschen seit der Erschaffung der Welt nachjagen. O, dieser Sieg! Alle haben ihn gewollt, alle wollen ihn, und nun ist er unser! Wieder möchte ich auf die Straße laufen und durch die ganze Stadt trompeten:

»Steht und hört, Sieg, Sieg!«

*24. März*

Lidotschka ist erkrankt. Was soll das werden, mein Gott.

*27. März*

Sie ist gestorben.

*23. Juni*

Drei Monate lang habe ich mein Tagebuch nicht angerührt, hatte schon ganz seine Existenz vergessen. Heute fiel es mir wieder ein, und nun sitze ich bereits eine halbe Stunde davor, ohne zu schreiben und starre auf die Zeile, auf der nur drei Worte stehen: Sie ist gestorben. Nur drei Worte, auf gewöhnlichem, weißem, glattem Papier. Mein Gott, wie nichtig ist doch der Mensch.

Und ich entsinne mich, wie ich damals diese Worte schrieb. Was wäre, wenn statt dieses glatten, weißen Papieres, auf dem nur ein schwaches Gekritzel von Menschenhand hingeworfen, zu sehen ist – ein Spiegel da stünde? Ein Spiegel, der für ewige Zeiten das Antlitz des Schreibers in seiner ganzen Verzweiflung, seiner unerträglichen Seelenqual festhielte? Was wäre hier zu sehen?

Mein Tagebuch, mein Freund! Auf Deinen Blättern steht Lidotschkas Name, ein Teilchen ihrer selbst, und Du bist mein einziger Freund und Kamerad.

*24. Juni*

Lidotschka ist am 27. März entschlummert, vier Tage nach der Einnahme von Premysl; sie erkrankte am zweiten Tag nach dem allgemeinen Frohlocken über die Siegesnachricht. Die ganze schreckliche Krankheit währte dreimal vierundzwanzig Stunden. Eine schwere Blinddarmentzündung, die zu spät erkannt wurde, da alle Ärzte in den Lazaretten beschäftigt waren und keiner sich freimachen konnte. Endlich kam irgendeiner von der Straße herein, untersuchte sie, beruhigte uns und sagte, dass man noch warten müsse, Gefahr sei einstweilen keine vorhanden. Das Kind lag im Sterben, und er sagte, man müsse warten – und wir warteten. Er kam nochmals und behauptete mit einem dummen Gesicht, dass wir uns umsonst Sorge machten und ihn von wichtigeren Dingen abhielten. Verzweiflung im Herzen warteten wir, voll Angst und Sorge – war es wirklich nichts Ernsthaftes? Wir lächelten einander zu, uns gegenseitig ermutigend und betrogen uns selbst, Toren, die wir waren! lächelnd. Endlich kam der Chirurg aus dem Sapinischen Lazarett – es war peinlich gewesen, ihn zu rufen – und erklärte, dass es eine Blinddarmentzündung und – schon zu spät sei. Wie konnte ich nur glauben, wie konnte ich nur warten!

Da lag meine Lidotschka, mein Kindchen, im Fieber, litt, stöhnte, starb – und wir warteten. Torheit, Wahnsinn! Ich sah ihr in die vertrauenden schwarzen Augen, küsste vorsichtig ihre vom Fieber gesprungenen Lippen, strich ihr die verwirrten Härchen glatt, wusch ihr vom Schweiße feuchtes Gesichtchen mit Eau de Cologne und glaubte, damit alles getan zu haben, fühlte mich sogar beruhigt. Und wie sie litt, was für Schmerzen sie hatte. So klein und solche Schmerzen!

Am dritten Tag freilich war ich wie verrückt, schrie um jeden Preis nach einem Arzt, jammerte, weinte, schlug in Gegenwart einer Dame, die ich zu erweichen hoffte, den Kopf an die Türschwelle ... ich weiß gar nicht mehr, wo, in wessen Sprechzimmer sich dies zutrug.

Und was half es?

Mittags war ich irgendwo verschwunden, alle suchten nach mir, der Chirurg war schon zweimal bei uns gewesen, hatte bereits erklärt, dass es zu spät sei, zu spät für eine Operation, es lohne sich nicht, das Kind noch zu quälen. – Dann habe ich sie selbst in den Sarg gelegt, ihn auf den Tisch gestellt.

Und heute lebe ich noch, lebe wie wenn nichts geschehen wäre, gehe ins Büro, plaudere mit Bekannten, lese über den Krieg. Wir werden überall geschlagen, überall zurückgedrängt, haben Polen und Galizien aufgeben müssen, werden das Spiel bald verloren haben. Der Gendarm Miasojedow hat Russland um dreißig Silberlinge verkauft. Das ist alles unwichtig. Ich hasse alle, die um mich sind. Aber ich schweige, schweige.

*29. Juni*

Wie soll ich meinen Schmerz aussprechen, meinen Schmerz, meinen großen Schmerz. Es gibt keine Worte, keine Worte, keine Ausdrücke, kein Erfassen. Welche Qual! Ich brauche nur in den Spiegel zu sehen, um in meinem vergrämten Gesicht zu lesen, was geschehen ist. Ich schaue und schluchze und kann's nicht begreifen, dort im Spiegel ein grauhaariger Tor, hier ein grauhaariger Tor; ich bin ergraut in dieser Zeit.

*30. Juni*

Stirbt irgendeine hohe Persönlichkeit, so wehen schwarze Fahnen über die ganze Erde, alle Städte sind düster und allen ist klar, was geschehen ist. Wäre ich ein wirklicher Mensch mit einer starken Stimme und hätte ich die Gabe der schönen Rede, ich forderte die ganze Welt auf, meine Lidotschka zu beweinen. Aber ich bin nichts ... ich kann nur blöken wie eine Kuh; ja und selbst eine Kuh vermag sich besser auszudrücken, sie blökt die ganze Nacht und lässt niemand schlafen. Was bin ich? Ich geize mit mir selbst, winsle vor der Herrschaftstür ... auf den ersten Ruf des Herrn wartend.

Wie bin ich doch verächtlich! Eine Zelle.

Und doch, erlauben Sie mir, Ihre Aufmerksamkeit auf einen denkwürdigen Tag zu lenken, einen Tag, zu dessen Angedenken ich ein bronzenes Monument errichten möchte, zur Erinnerung für die Nachkommen. Und dies ist der Tag, an dem ich, eine Woche nach Lidotschkas Tode, als ehrlicher Arbeiter wieder in meinem verfluchten Kontor erschien. Was soll ich darüber sagen? Es sind lauter gute Leute bei uns, sie merkten sogar, dass ich grau geworden: »Ach, wie Sie abgemagert sind!« Und alle sprachen ihre Teilnahme zu unserem Verlust aus, aber nicht in zu starken Worten, sondern in den althergebrachten Höflichkeitsformeln: »Ich höre, dass Ihr Töchterchen gestorben ist, wie traurig.«

Ja, sehr traurig. Es ist nichts, ich arbeite, schreibe, lese. Teilnehmende Freunde bemerken auf meinem Ärmel einen Trauerflor: »Was ist das? Hat man Ihnen schon wieder jemand im Kriege getötet?«

»Nein, warum immer nur im Krieg? Ich trage ihn für meine verstorbene Tochter Lydia.«

»Ah!« ...

Und dann sind sie wie verwandelt; Pan Swoliansky verficht in seinen Gesprächen in der artigsten, diplomatischsten Form die Ansicht, dass man selbst (selbst!) um die Gefallenen keine Trauer anlegen sollte, um nicht ungünstig die allgemeine Stimmung zu beeinflussen. Ein Mensch kleidet sich zum Beispiel sorgfältig zum

Spaziergang an, Halstuch und Lackstiefletten, da läuft ihm irgendeine düstere Gestalt, ein grauhaariger Mensch in Trauer über den Weg: Es wirkt peinlich – die ganze Stimmung ist verdorben. Natürlich wagte Herr Swoliansky nicht, dies Beispiel anzuführen, aber aus seinen Worten ging klar und deutlich hervor, dass, wenn man schon für die Gefallenen, die einzig und allein wirklich Verstorbene sind, keine Trauer anlegen soll, um wie viel weniger noch für irgendein kleines sechsjähriges Mädchen, das eines natürlichen Todes starb. Es gibt doch genug sechsjährige kleine Mädchen auf der Welt.

Im allgemeinen gaben sie mir in der zartesten Art zu verstehen, dass mein Verhalten ein äußerst unkorrektes sei, fast so, als ob ich mich in dieser allgemein erregten Zeit dem Trunke ergeben hätte; das Gleiche deuten mir die Bekannten, denen ich am Newsky begegne, an: »Ach so, das kleine Mädchen! ...«

Bestreite ich es denn? Nicht im geringsten; im Gegenteil, ich unterwerfe mich der öffentlichen Meinung, habe den Trauerflor vom Ärmel abgenommen und in meiner Westentasche versteckt, um niemand peinlich zu berühren und in seiner glänzenden Stimmung zu stören. Ich wage Keinen zu beunruhigen, habe als Staatsbürger nicht das geringste Recht dazu. Staatsbürger oder – Schuft ... was bin ich eigentlich? Weiß es gar nicht mehr. Aber ich schweige, schweige.

*3. Juli*

Es regnet, ich gehe mit aufgespanntem Schirm durch die Straßen und überlege, was das wichtigste sei. Das Allerwichtigste ist, dass man sie verscharrt. Zu töten ist eine Kleinigkeit, ein Zufall, die Hauptsache ist, dass man sie verscharrt. Sind sie verscharrt, so ist nichts mehr zu sehen – und alles ist gut. Nein, stellen Sie sich nur vor, was das heißt: vier oder fünf Millionen getötete und sofort verscharrte Menschen ... und wenn man sie nicht verscharren würde! Welcher Gestank! Wie viel Skelette in zerfetzten Uniformen!

Welche Qual, keiner vermag sie zu schildern, möge man was immer auch sagen gleich einem Narren. Wie langbeinig man doch wird; indes ich gehe, fühle ich selbst, wie lang meine Beine sind. Ob ich wohl den Verstand verliere?

*Das gleiche Datum, nachts*

Mag sein, dass ich ein Verbrecher bin, ein Schurke, ein Bösewicht, was ihr wollt, aber Gott helfe mir, es tut mir nicht leid um eure Gefallenen, ich habe nichts mit ihnen zu tun. Ich habe das Morden nicht angestiftet, tötet, zerreißt einander in Stücke, bitte, ganz wie ihr wollt.

Wie sind unsere Zimmer doch so leer, nur von einem unsichtbaren Grauen bewohnt. Voriges Jahr waren wir um diese Zeit in der Sommerfrische und ahnten nicht, was kommen würde. Lidotschka lebte.

Ich blicke auf meinen Petja, meinen kleinen Jenia, die mir noch geblieben sind und denke: Wäre es nicht am besten, einen Strick zu nehmen, uns zusammenzubinden und von der Troizkischen Brücke ins Wasser zu stürzen?! Weiß Gott, sie leben ohne Grund, sind keinem nötig. Zellen sind sie, kleine, schmutzige, wertlose Zellen. Wer wird sie beweinen? Petja schlug sich heute fast an einer Tischecke das Köpfchen ein, er kam zu mir, damit ich ihm die Beule küsse und ihn bedaure, aber ich konnte ihn nicht bedauern. Unglückselige Kinder, eure Mutter betreut im Lazarett die Verwundeten, erfüllt dort ihre Pflicht, euer Vater jagt wie vom Teufel besessen durch die Straßen, um Ruhe zu finden, und ihr sitzt mit eurem dummen Kindermädchen und mit der halbverrückten Inna Ivanowna ... arme Geschöpfchen!

Ich vermag nicht zu weinen, das ist meine größte Qual. Ich suche vergebens nach Tränen und kann keine finden. Wie seltsam ist doch der Mensch geschaffen, er kann sein Blut ausströmen lassen, sich die Adern mit dem Messer öffnen, nur zu Tränen kann er sich nicht zwingen. Außerdem kann ich nicht schlafen und fürchte meinen Diwan. Ich schlafe jetzt im Kabinett auf dem Diwan; das heißt ich kaure dort die ganze Nacht im fahlen Licht, das durch die unverhängten Fenster eindringt.

Gestern Morgen saß ich von drei bis fünf Uhr rauchend auf dem Fensterbrett und sah auf die tote Stadt hinaus. Es war taghell, aber keine lebende Seele zeigte sich. Unserem Hause liegt ein anderes genau gegenüber, an den zahlreichen Fenstern oben und unten Totenstille, kein einziges Lebenszeichen. Ich war halb ausgezogen, saß im Hemd und Unterhosen auf dem Fensterbrett, dann ging ich in diesem Aufzug im Zimmer hin und her und kam mir wie ein Wahnsinniger vor.

Am Tage ist das Kabinett wie jedes andere Kabinett und ich bin ein Mensch wie jeder andere Mensch. Wenn mich aber jemand in der Nacht sähe? Barfuß und in Unterhosen. Doch wozu schreibe ich dies?

*6. Juli*

Wie völlig ich mich verändere, es ist zum Staunen. Niemand tut mir leid, niemand liebe ich, nicht einmal die Kinder; einzig und allein der nackte Hass lebt in mir. Ich gehe durch die Straßen, sehe mir die Leute und Häuser an und denke im Stillen mit einem Lächeln: Würdet ihr doch über die ganze Erde verstreut! Heute streckte mir ein Bettler die Hand hin und ich warf ihm einen solchen Blick zu, dass ihm die Worte versagten und er hastig die Hand zurückzog. Wie muss ich ihn doch angesehen haben! Und ich kann nicht weinen, entsinne mich gar nicht mehr dessen, wie man es macht. Was Tränen! Ich bin so ausgetrocknet, dass ich nicht einmal mehr schwitze, beim heißesten Wetter nicht. Eine höchst eigentümliche Erscheinung, man müsste einen Arzt befragen.

Heute wandte Sascha mir ihre Aufmerksamkeit zu, weinte, dass ich so anders geworden sei. Wie bin ich denn? Sie wundert sich, dass ich keine Zeitungen lese, was sollte ich aus den Zeitungen Neues erfahren? Lieber Miasojedow? Dass sie morden, sengen, Schiffe versenken, das weiß ich längst, auch ohne Zeitungen. Ich will einfach nicht lesen. Sie fragt mich:

»Und was macht Dein Magen?«

»Von was für einem Magen sprichst Du? Habe ich denn einen Magen? Ach, ja richtig, danke gut. Und Deine Verwundeten?«

»Sie sind auch Deine.«

»Nein, mein sind sie nicht, ich habe nichts mit ihnen zu tun.«

»Warum bist Du so böse, Ilenka?« fragte sie weinend.

»Wieso, meine gute Saschenka?«

Sie wurde ärgerlich und ging ins Lazarett, vergaß auch nicht, wie es sich für eine wahrhaft liebende Gattin geziemt, die Tür hinter sich zuzuschlagen. Mir ist es entschieden ganz gleich, aber auf die Kinder dürften solche Vorfälle nicht sonderlich erzieherisch wirken, auf dies müsste man bedacht sein.

Überhaupt ist es ganz komisch zu bedenken, dass ich eine Frau habe, so selten sehen wir uns und sprechen miteinander.

Sascha ist noch im Lazarett. Am Samstag, als so viele Verwundete gebracht wurden, dass man sie sogar auf den Fußboden betten musste, kam Sascha nicht nach Hause, um die Kinder zu baden Dies geschah nicht zum ersten Mal. Gewöhnlich badet sie dann das Kindermädchen, diesmal aber hatte ich aus irgendeinem Grunde Lust, Jenia selbst zu baden. Wie er mager ist, man kann ihm alle Rippen zählen, und diese kleinen, kleinen Knochen! Während ich das magere Körperchen und die dünnen Härchen abtrocknete, fragte ich mich selbst: Warum weine ich denn nicht?

Im Gegenteil, durch meine Ungeschicklichkeit tat ich ihm weh, kratzte ihn, und als er zu weinen begann, empfand ich keinerlei Mitleid, wurde ärgerlich und übergab ihn dem Kindermädchen. Was ist denn mit mir vorgegangen? Wenn früher ein Mensch in meiner Lage war, so erzählen die Alten, ging er in die Kirche, betete sich gesund und wurde wieder wie früher – aber wer kann mich gesund beten? Albernheiten!

Russland tut mir nicht leid, möge es vernichtet werden, ich selbst tue mir auch nicht leid. Und stürbe Sascha heute, mich deucht, ich würde nicht einmal mit der Wimper zucken. Es heißt, es greife eine Art Cholera um sich, – und wenn schon! Möge die Cholera kommen. Möge die Pest kommen. Mögen Meer- und Erdbeben alles verwüsten, was gehts mich an?

*9. Juli*

Unser Kontor hat eine Sensation: Der Pole Swolianskv ist als Freiwilliger in den Krieg gezogen, um gewissermaßen mit eigener Hand sein Warschau zu verteidigen. Zuerst glaubten wir, dass es nur seine gewöhnliche Phrasenmacherei sei, aber es erwies sich als vollkommen ernst ... wer hätte dies von dem Schwätzer erwartet? Ein Blitz aus heiterem Himmel, wie man zu sagen pflegt. Natürlich feierten ihn die Kollegen durch ein feuchtfröhliches Abschiedsfest, an dem ich aber, unter dem Vorwand mich unwohl zu fühlen, nicht teilnahm. Mögen sie ohne mich »patriotisieren«, ich fürchte ihre scheelen Blicke und ihren Spott nicht.

In einem Zwiegespräch erklärte mir mein Swoliansky in den erhabensten Ausdrücken, dass ihn, ginge er jetzt nicht auf andere schießen, sein Gewissen für alle Zeiten foltern würde. »Gewissen!« Ich nehme an, dass ihm das Herz wirklich weh tut um sein Polen, man darf ihn nicht zu streng beurteilen, aber vom Gewissen hätte er lieber schweigen sollen.

Und so viele aus seinem Kreis sind, wenn man sie darauf betrachtet, ganz Gewissen. Ich passe nicht zu den gewissenhaften Leuten, sie machen mich sogar verlegen, Dummkopf, der ich bin. Sie rauben, üben Verrat, töten Kinder, alles mit vollkommen gutem Gewissen, man kann ihnen nicht widersprechen, der Krieg muss so sein! Aber wer braucht denn diesen Krieg, all' diese Tränen? Und die betrügerischen Kaufleute und Fabrikanten setzen Fett an; und was für Paläste werden sie nachher erbauen, in was für Automobilen sich wiegen lassen, was für Freudenfeste und Trinkgelage feiern! Man müsste sie alle hängen, aber es geht ja nicht – das Gewissen.

Ich hatte bemerkt, dass Inna Ivanowna, Gottes altes Weiblein, immer die Füße unter ihren Röcken versteckte, beim Sitzen die Beine unterschlug wie eine Gans. Warum wohl? Es erwies sich, dass ihre Schuhe so zerrissen waren, dass die Zehen bei den Löchern herauslugten und so kroch sie herum, die arme Alte. Ich fragte sie: »Schämen Sie sich denn nicht, Mütterchen, warum haben Sie es nicht Sascha oder mir gesagt? Nun?«

Sie weinte und schwieg. Es war kein Wort aus ihr herauszubekommen, offenbar verletzte ich irgendein Sparsamkeitsgefühl in ihr. Und doch ist es einfach lächerlich zu sparen, zu rechnen, sich um jede Kopeke zu schlagen, wenn Du mit Deinen eigenen Augen siehst, dass diese Kopeke von selbst, wie bei Zauberkünstlern dem Kaufmann in die Tasche fliegt. Zauberkünstler!

Ich kaufte Inna Ivanowna selbst ein Paar Stiefeletten, brachte sie ihr voll Eifer nach Hause und fühlte mich als Wohltäter. Natürlich fing sie sofort wieder zu weinen an, ich sah zu, wie ihre Tränen flossen und dachte: Könnte ich nur eine einzige dieser Tränen weinen!

*16. Juli*

Andrei Wassilewitsch, mein in Aussicht genommener Leser, ist im Warschauer Hospital einer schweren Verwundung erlegen. Himmlischer Vater!

So habe ich meinen letzten Leser verloren, habe ihn kein einziges Mal mehr gesehen. Ihm ist wohl. Ich bin allein, bin wie in der Unterwelt, inmitten tanzender Teufel, heulender Verdammter. Wer braucht mich mitsamt meinem Tagebuch, es ist lächerlich, auch nur daran zu denken. Meine Sascha, meine Frau, weiß schon längst, dass ich ein Tagebuch führe und hat mich noch nie aufgefordert, sie hineinsehen zu lassen, hat nicht einmal die geringste Neugierde an den Tag gelegt ... dass ich allmählich immer verschlossener werde, mir alles verleidet wird, ist ihr ganz gleichgültig, sie interessiert sich weit mehr dafür, was sie mit ihren Schuhen tun soll, wenn sie krachen. Und welches geringste Recht habe ich, für mich Aufmerksamkeit und Teilnahme zu beanspruchen, wenn dort stündlich tausende von Menschen zugrunde gehen, die ganz anders, nicht von der Art des Ilia Petrowitsch sind. Und was geschähe, wenn jedes Zellchen, das zum Untergang verurteilt ist, zu schreien und Skandal zu machen begänne, wie ein wirklicher Mensch?

Heute sah ich am Morskoi Flüchtlinge aus Polen ... sind das aber Gestalten des Jammers!

*17. Juli*

Ich kann so nicht weiter leben, bin nicht geschaffen schlecht zu sein, böse Gefühle zu hegen und finde doch keinen anderen mehr in meiner armen Seele. Mir ist's als wäre mein Körper im Innersten weißglühend, als wäre ich ein entwurzelter Baum. Ich fürchte mich selbst, mein entstelltes Gesicht zu betrachten. Ich renne herum bis zur Übermüdung, zur völligen Erschöpfung; bis mich die Beine nicht mehr tragen können; mitunter schlafe ich wohl ein, aber Schlag drei fahre ich erschrocken auf, sitze dann bis fünf oder sechs Uhr auf dem Fensterbrett und starre gedankenlos in die schlaflose Petrograder Nacht hinaus. Schauerlich ist die Helle, schauerlich die Nacht. Und ob Regen fällt und die Mauern feuchtet, oder die Sonne auf die Schlote scheint, immer ist der Anblick dieser toten, regungslosen Stadt entsetzlich, als hätte sich die Prophezeiung bereits erfüllt, als wären alle Menschen zugrunde gegangen und es leuchtete ein nutzloser, sinnloser Tag vergebens über all' der Zerstörung.

Das gegenüberliegende Haus hatte eine sehr hohe und glatte Mauer, wollte man hinaufklettern, man fände nirgends einen Halt und ich kann mich des qualvollen Gedankens nicht erwehren, dass ich dort vom Dache, an den Fenstern und Nischen vorbei, aufs Pflaster herabstürze; sehr peinigt mich dies! Um die Mauern nicht sehen zu müssen, gehe ich im Zimmer auf und ab, was gerade keine große Freude ist. Halbbekleidet, barfuß, vorsichtig auf dem glatten Parkett ausschreitend, komme ich mir mehr und mehr wie ein Wahnsinniger oder wie ein Mörder vor, der irgendjemand auflauert. Und so hell ist es, so hell.

Ich kann so nicht weiter leben. Dies also bedeutet die gewisse Phrase, die besagt: »Ich bitte niemand zu beschuldigen, ich habe das Leben satt bekommen.« Aber nein, das sind Torheiten, ich bin ganz einfach krank, muss mich pflegen und irgendein Medikament einnehmen.

Lidotschka, mein Engelchen, verzeih mir, gib mir Tränen, ich möchte um Dich weinen. Ich kann nicht so sein. Bete Du zu Gott für mich, Du bist Ihm nahe. Du siehst Ihm in die Augen, bitte für Deinen Vater. Mein kleines Mädchen, mein liebes, mein Seelchen, mein Engelchen; ich erinnere mich, wie ich Dich vom Bett in den Sarg legte und fest, fest, fest ...

*21. Juli*

Es ist eine böse Sache. Rette Russland, o Herr. Es ist heute am Rande des Verderbens und aus den Tiefen ruft es um Rettung zu Dir!

Beschämend ist es zu erzählen, mit welch dummen Gedanken ich heute in die Kathedrale von Kasan, zum allgemeinen Volksgebet ging; wann der Moment war, in dem ich mit einem Male sah und begriff, dessen entsinne ich mich nicht. Ich erinnere mich, dass ich im Anfang skeptisch lächelte und unter dem Volk andere Intellektuelle gleich mir bemerkte, aus deren Augen ein höherer Verstand und Spott leuchteten, entsinne mich, dass mir das Gedränge und Gestoße widerlich war, dass ich den Platz nicht ohne Richtigkeit mit einem überfüllten Kahn verglich – wann aber kam mir das Verständnis?

Nein, nicht die gewähltesten Worte können den Anblick beschreiben, wenn Hunderttausende von überallher, durch alle Straßen und Gassen zu einem gemeinsamen Ort pilgern, um sich dort im gemeinsamen Gebet an Gott zu wenden. Zuerst fasste man es wie einen Scherz auf, etwas Gewolltes, eine Art Parade, aber als alle die Menschen kamen, ließ es sich in dem Gedränge nur noch schwer atmen, und neue kamen und kamen, es begann so ernst zu werden, dass mir kalte Schauer über den Rücken liefen. »Was soll das?« fragst Du Dich fast mit Entsetzen, sie hören nicht, sie antworten nicht, sie kommen, Menschen, Menschen, Menschen. Und schon der Umstand, dass sie Dir ebensowenig Beachtung schenken, wie Du ihnen, wirkt so ernst und feierlich, dass unwillkürlich jede Kritik, jede Frage verstummt und ein Zittern die Seele ergreift. Es bedeutet etwas Großes, Notwendiges, wenn so viele Menschen sich ruhelos zusammenfinden und gemeinsam Gott anrufen – und ich, mit meinem armseligen Verstande, zweifle und streite gegen sie!

Viele weinten in meiner nächsten Nähe, ganz ohne sich dessen zu schämen, trockneten sogar ihre Tränen nicht ab, als wäre es heute allen erlaubt, vor allen anderen zu weinen. »Wie naiv ist doch das einfache Volk!« gelang es mir noch zu denken, indes ich auf einen starken Mann sah, der bitterlich weinte, er mochte ein Türhüter oder ein Kutscher sein, dann fühlte ich plötzlich, wie sich auch meine ausgetrockneten Augen mit Tränen füllten. Und noch beschämt darüber, noch nicht den Wert dieser Tränen erkennend, hob ich heuchlerisch die Augen empor ... und dort, welcher Himmel! »Mein Gott, mein Gott,« dachte ich, »wie weit bist Du, und doch wie nahe.«

Und ein Beben erfasste mich, als hätte mich Feuer vom Himmel berührt. Es war, als erhöben mich unsichtbare Schwingen, hoch, hoch hinauf, bis zu den weißen Wolken und ich sähe von dort das ganze Land, das Russland heißt ... und dies Land und kein anderes bedrohte eine solche Not, gegen diese Erde zogen Feinde mit Feuer und Bomben, für dies Land beteten wir, für seine Rettung. Und ich sah wieder zur Erde, sah weinende Menschen, eine ungeheure Zahl, und ich gehörte zu ihnen, sie vertrieben mich nicht, nahmen mich voller Vertrauen an ihr Herz ... wo war ich früher gewesen? Tor! Und plötzlich liebte ich sie alle, liebe sie so, dass ich es mit meinem ganzen Körper empfinde; nein, ich kann nicht mehr, ich werde vor Liebe und Zärtlichkeit gleich schreien müssen. Selbst jetzt, wenn ich mich dessen entsinne, möchte ich schreien.

Kann ich das denn mit Worten ausdrücken? Vergebliches Bemühen. Jetzt, nur wenige Stunden später, kann ich mir Russland nicht mehr so genau vorstellen, es sieht wieder wie eine Landkarte für mich aus, damals aber verstand ich, sah ich, fühlte ich. Nein, ich sehe ein, dass sich so etwas nicht erzählen lässt. Rette Russland, o Herr, rette es aus der Tiefe!

Es wäre an der Zeit aufzuhören, aber immer wieder kommen mir die Tränen; mögen sie nur kommen. Nach Hause zurückgekehrt sah ich, wie die so still gewordene Inna Ivanowna eigenhändig Petjas Näschen putzte, ich erinnerte mich ihres Pawluschas und unfähig den Anblick zu ertragen, brach ich in Tränen aus wie ein Kind. Ich kniete vor ihr nieder (trotz der Anwesenheit des Kindermädchens, das übrigens auch zu weinen begann) und küsste ihre hilflosen alten Hände ... oh, wie sehr benötige ich der Verzeihung all dieser guten, ehrenhaften Leute, die ich so oft gekränkt habe. Wir haben alle Grund zum Weinen, alle. Ich höre auf zu schreiben, weil es ja doch unmöglich ist, meine Gedanken klar auszudrücken, mögen sie unausgesprochen bleiben.

*Nachts, das gleiche Datum*
Ich schlafe wieder einmal nicht, meine Seele ist zu tief erschüttert bis ins Innerste. Es ist kalt, mich fröstelt; immer denke ich an Russland. Was war, nun mich das Volk gelehrt hat, es und Russland zu lieben, meine erste Tat? Ich beeilte mich heimzukommen, um rascher meine eigenen Kinderchen Petja und Jenia liebkosen zu können, als wäre in dieser einen Handlung alles inbegriffen. Übrigens war dieser Wunsch allein schon nach all der grausamen Kälte und Härte, mit welcher ich sogar ihre Existenz vergessen hatte, für mich märchenhaft. Ich brachte ihnen Beeren und Eis mit, was ich seit langem nicht mehr getan, und nun fürchte ich, dass sie sich den Magen verdorben haben. Jenitschka macht mir Sorge, er ist so mager und seine nachdenklichen Augen erinnern mich an Lidotschka. Und er war ein so fröhliches Kind gewesen ... was mag wohl mit ihm vorgegangen sein?

Es wird mir wieder seltsam zumute. Nein, es ist besser in einer solchen Nacht still zu liegen, auch wenn man nicht schlafen kann; schreckliche Gedanken gehen mir durch den Kopf: – die Kinder, Russland.

Saschenka habe ich gar nicht gesehen, sie war tagsüber während meiner Abwesenheit zu Hause und kann jetzt wahrscheinlich nicht abkommen; schade! Ich ginge gerne zu ihr ins Lazarett, aber ich war so lange nicht dort, dass es mir peinlich ist. Ach Saschenka, meine Saschenka! ... Dies also bedeutet »Russland«.

*29. Juli*
Wieder bin ich zerquält und verzagt. Mir ist, als wäre ich für eine Weile aufgewacht, ich sah irgendetwas, vergaß es, und lebe nun wieder in einem dumpfen, endlosen Traum. Ich lese die Zeitungen, – es ist furchtbar! Und durch die Stadt schwirren noch schrecklichere Gerüchte, im Kontor erzählen sie ganz unwahrscheinliche Dinge, dass Warschau schon gefallen sei und noch vieles andere, von dem es besser ist zu schweigen. Ich habe kein Vertrauen zu unserer Duma, aber es ist doch gut, dass sie einberufen wird. Unheimlich ist es.

*1. August*
In der Stadt herrscht große Niedergeschlagenheit und alle gehen mit traurigen Gesichtern umher. Nur manchmal lacht irgendein Hooligan laut auf beim Anblick eines aufgeblasenen, gleichgültigen Kaufmann-Diebes oder Lieferanten, der auf dicken Beinen einherstolziert. Diese fetten Schweine!

Mag sein, dass in eben dieser Nacht, da ich diese Zeilen schreibe, die Deutschen in unser Warschau einziehen. Ich schließe die Augen und sehe deutlich, wie im Kinematograph, ihre spitzen Helme vor mir, Feuersbrünste lodern auf, in den Häusern verbergen sich zu Tode erschrockene Menschen ... aber was nützt das Verstecken! Und ich stelle mir vor, dass dies nicht Petrograd sei, wo ich in nächtlicher Stille schreibend sitze, sondern Warschau; über die Brücke marschieren die Deutschen in die Stadt ein ... wie unsagbar schrecklich wäre dies! Und dann plötzlich ein freches, lautes Pochen an der Tür: »Macht auf!«, ein Deutscher tritt ein, sieht sich um, geht durch alle meine Stuben, als wäre er bei sich zu Hause, fragt mich aus, und wenn er mich mit seiner Flinte nicht totschießt, so hängt das einzig und allein von seiner Gnade ab. Wie könnte ich ihm in die teutonischen, blauen Augen sehen? Wäre es denn möglich, ihm zuzulächeln ... freilich nur aus Höflichkeit, aber immerhin zu lächeln? Nein! Ich fühle, dass ich diese Nacht nicht schlafen werde.

*8. August*

Die Staatsduma hat ihre Sitzungen begonnen, Gott gebe ihr Kraft. Ich lese diese entsetzlichen Berichte, lese jede Zeile wieder und wieder und kann meinen Augen nicht trauen. Wir haben keine Munition. Sie sagten, dass es Munition geben würde und haben uns betrogen. Wen haben sie betrogen? Man denke nur: keine Munition! Schön, sollte man mit der bloßen Hand den Deutschen Widerstand leisten? Mit bloßer Hand, man muss sich das nur vorstellen!

Aber erlaubt, meine Herrschaften, soll das Russland sein? Das kann es nicht sein, ich kann das nicht annehmen, mich nicht in den Gedanken hineinfinden. Und wenn dem so ist, welche Bewandtnis hat es mit jenen Betern, die auf dem Kasan'schen Platz weinten, beteten, zu Gott schrien? Haben die auch betrogen? Sie riefen zum Himmel, ich selbst rief mit, hörte die Rufer, sah ihre heißen Tränen, das Beben ihrer Seelen. Dort war nichts von jener schmählichen Angst, die Verbrecher vor dem allsehenden Auge empfinden. Oder betete jeder nur für sich, auch jene, die betrogen?! Ich begreife nichts mehr, aber eines weiß ich und bin bereit, es auf das Leben meiner Kinder zu beschwören – das ist nicht Russland, so ist es nicht!

Ich kann den Eindruck nicht wiedergeben, den ich zuerst empfand, als ich die Reden unserer Abgeordneten las. Es war, als ob mir ein deutsches Bajonett ins Gehirn führe, alles in Scherben fiele, ich war wie betäubt, wie erblindet, als ob ich den Boden unter den Füßen verloren hätte! Ich kann auch jetzt kaum in menschlicher Sprache reden, vermag bloß sinnlose Worte zu stammeln, die Augen aufzureißen, kann meinen Gedanken keinen richtigen Ausdruck verleihen. Ja, wir stehen alle mit aufgerissenen Augen da, nicht nur ich armer Sünder. Sogar in unserem geschwätzigen Kontor, wo sonst alle Fragen spielend gelöst werden, gehen sie mit weit aufgerissenen Augen umher, lassen fast alle Arbeit liegen und stehen, sitzen in Hemdärmeln, rot wie aus kochendem Wasser gezogene Krebse, lesen die Zeitungen zum zehnten Mal durch und jagen den Laufburschen ununterbrochen nach neuen Ausgaben. Beim Lesen sprechen sie, schlagen mit der Faust auf den Tisch, schreien:

»Nein, habe ich gesagt!«

»Was haben Sie gesagt? Wir haben nicht gehört! ...«
»Nein, das haben Sie nicht gehört, ich habe gesagt ...«
Ja gesagt! Gesagt haben sie es scheinbar alle. Die ganze Not kommt daher, dass niemand zugehört hat. Alle haben sie gesagt und gewusst, was geschehen wird, haben alles vorausgesagt ... diese Kontorpropheten! Und wer hatte Part-Grad eingenommen? Und wer spazierte durch Berlin und kaufte sich eine Krawatte in der Friedrichstraße? – Mich deucht, als hätte ich einmal etwas Ähnliches gehört.

Merkwürdig ist noch eines bei unseren Kontoristen, sie schreien, schimpfen, sagen solch entsetzliche Dinge, dass man glaubt, sie würden in der Nacht kein Auge zuschließen können – einen Augenblick später sind sie voll Heiterkeit, sagen sich gegenseitig Liebenswürdigkeiten, prahlen fast: »Seht, so sind wir! Und wer spielt den ›Satyriker‹, und wer geht munter und vergnügt zu einer gemeinsamen erlesenen Sakuska, in unserem abgelegenen Zimmer, fern den Augen des Vorgesetzten? Danke, wenn nur der Wodka nicht ausgeht! ... ach Du Kontor!

Aber wer mich ebenfalls noch in Erstaunen versetzt, das ist meine Saschenka. Ich empfinde ein unüberwindliches Verlangen, diese neuen und schrecklichen Eindrücke nicht allein ertragen zu müssen, dachte natürlich vor allen anderen Menschen an sie und brachte es sogar fertig, mir vorzustellen, wie wir miteinander ein ernstes, bedeutsames Gespräch führten, vielleicht auch zusammensitzend einfach schwiegen, und sich uns in diesem Schweigen das für uns Wichtigste enthüllen würde. Und es geschah etwas höchst Seltsames.

Ich frage sie mit weit aufgerissenen Augen: »Nun, hast Du gelesen?«

»Was?«

»Wieso was? Die Berichte über die Sitzungen.«

»Was für Berichte? Ach ja, die habe ich gelesen. Ich lese so etwas nie, habe es nur durchgesehen. Gott weiß, was drin stand.«

Eifrig, die Gleichgültigkeit, die in ihrem gekünstelten Ausruf lag, noch nicht erkennend, stürzte ich mich in eine Erklärung, sprach lange und beharrlich, bis ich plötzlich an ihrem nachdenklichen Gesicht, den ausdruckslosen Augen und einem fremden Zug um den Mund bemerkte, dass sie mir nicht einmal zuhöre und mit ihren eigenen Gedanken beschäftigt sei. Dies kränkte, ja empörte mich sogar ... nicht persönlich natürlich, aber in Beziehung auf die für Russland so wichtigen Dinge, die ich besprach.

»Dir fehlt vollkommen jedes staatsbürgerliche Empfinden, Sascha,« sagte ich kalt und von oben herab. Sie errötete und es schmerzte, diese Röte auf ihrem blassen, erschöpften Gesicht zu sehen.

»Sei nicht böse, Ilenka, Täubchen. Es ist wahr, ich bin ein wenig in Gedanken versunken gewesen und habe nicht alles gehört. Das ist doch auch gar nicht so wichtig.«

Ich wurde wieder ärgerlich, schrie sie sogar an:

»Was soll das heißen, nicht wichtig! Überlege doch, was Du sprichst! Nur Verräter, die sich über den Untergang Russlands freuen, können sagen, dies sei nicht wichtig. Wir haben doch keine Munition. Stell Dir doch vor, die bewaffneten Deutschen können unsere opferwilligen, gutmütigen Soldaten spielend schlagen ... tut Dir das nicht leid?«

Augenscheinlich ergriffen sie diese Worte, sie sah mich groß an und sagte leise und erschrocken: »Ja, es ist schrecklich, aber wie kommt es?«

»Darüber denken alle nach, wie es kommt, und Du sagst, es sei unwichtig. Es ist furchtbar wichtig, Saschenka, so wichtig, dass man darüber den Verstand verlieren könnte.«

Dann aber wurde sie zu einem Soldaten gerufen, dem man die Hände amputiert hatte, und der sich weigerte, zu essen, wenn nicht Saschenka ihn fütterte; sie vergaß mit einem Male alles, lächelte mir gleichgültig und entschuldigend zu, küsste mich flüchtig, flüsterte mir ins Ohr: »Sei nicht böse, mein Täubchen, ich kann nicht« ... und lief weg.

Was kann sie nicht?

*11. August*

Eine Überraschung, plötzlich ist unser lieber Ingenieur und Schwager in Moskau aufgetaucht und nicht nur dies, er schrieb mir sogar einen liebenswürdigen Brief und sandte Geld mit. Er entsinnt sich mit einem Mal, dass Mütterchen Inna Ivanowna nun schon seit fast einem Jahr bei uns lebt, und schlägt mir vor, die Hälfte ihrer Verpflegung zu bezahlen. Aber kein Wort über Sascha, den

Bruder Pawluscha und meine Lidotschka. Ich kochte vor Wut über diesen Liebesbrief, habe auch Saschenka kein Wort davon gesagt, um sie nicht aufzuregen. Eine solche Frechheit! Schon aus im Kontor zirkulierenden Gerüchten hatte ich erfahren, dass er irgendwelche Armeelieferungen übernommen und sich dadurch fast eine Million erworben habe ... man nennt das »erarbeiten«! Und jetzt bietet mir dieser schmutzige, herzlose Mensch, der an Russlands Verderben Mitschuld trägt, einen seiner dreißig Silberlinge an. Nein, Nikolai Jewgenitsch, lieber will ich verhungern, wenn es sein muss, als auch nur eine Kopeke von Ihnen annehmen. Es klebt Blut an Ihrem Gelde, abscheulich ist es, befleckt, man könnte seine Hände nicht mehr reinwaschen, hätte man es einmal berührt. Und Inna Ivanowna, unserer Mutter ziemt es nicht, von Ihrem Blutgelde zu leben, ihr, die in diesem Kriege einen Sohn, den lieben, teuern, ehrenhaften Pawluscha verloren hat. Mein Gott! Warum vernichtest Du uns Armselige, Kleine in Deinem Zorne! Strafe die Reichen und Mächtigen, die Räuber, die Verräter, die Lügner und Schurken! Wie lange werden sie uns noch verhöhnen, ihre goldenen Zähne zeigen, in Automobilen vorbeisausend uns frech und offen ins Gesicht lachen?

Man könnte sich aus Hilflosigkeit und Verzweiflung den Kopf an der Wand einrennen, wenn man sieht, wie unantastbar sie in ihrer Schamlosigkeit sind. Sage es ihnen – und sie werden spotten! Beschäme sie – und sie werden belustigt sein! Flehe sie an – und sie werden lachen! Sie haben Russland beraubt und verkauft – und schlafen ruhig, wie auf den weichsten Daunenkissen.

Es ist furchtbar zu bedenken, dass sie keine Strafe treffen wird. Es sollte nicht so sein, dass auf der Welt die Schurken triumphieren, das ist nicht gut, daran geht alle Achtung vor dem Guten verloren; es gibt keine Gerechtigkeit mehr, das ganze Leben verliert seinen Sinn. Dagegen sollte man Krieg führen, gegen diese verbrecherischen Gauner, und nicht kritiklos einer über den andern herfallen, nur weil der eine ein Deutscher, der andere ein Franzose ist. Ich bin ein sanftmütiger Mensch, aber in einem solchen Kriege ergriffe auch ich die Waffen, – auf Ehrenwort! Ohne Mitleid, ohne Zaudern schösse ich auf sie, direkt in die Stirne.

Wie kann man nur dies ertragen? Dieser Brief hat mich aufs Höchste erregt, meine ganze Seele mit wilden Gedanken erfüllt.

Dafür starb meine Lidotschka, die Unschuldigste der Unschuldigen, diese Blume, Herr, aus Deinem Garten. Mein Kindchen, mein liebes, unendlich geliebtes, unendlich teueres, warst Du denn eine geraubte, mit Schmutz befleckte Million, dass Du meinen Bettlerhänden entrissen wurdest?

Welche Qual, o welche Qual ... und wenn man bedenkt, wie viele Menschenherzen heute von der gleichen Qual erfasst sind, wieviele Flüche ausgestoßen werden ... und was weiter? Noch Martern, und was dann? Empörung ... und was weiter? Nichts! Atme, seufze, armselige Blattlaus, weiter ist dir nichts geblieben, seufze, einmal wirst du dann ruhen dürfen. Sie seufzen nicht nur, diese Dementiews, fluchten, stöhnten. Sie murrten, sie forderten, dachten, man würde sie hören, ihnen Gerechtigkeit widerfahren lassen, sie in Gold einrahmen ... Aber wer versteht sie? Sie atmen, das ist alles!

*12. August*

Ich folge den Reden, die in der Staatsduma gehalten werden und steige jeden Tag höher auf den Berg, von wo aus man einen Überblick gewinnt. Aber was für einen Überblick! Und die Deutschen dringen nach der Einnahme Warschaus immer weiter vor; die Festungen Kowno und Grodna haben sich nicht ergeben, halten sie vor ihren Mauern auf, das ist wenigstens etwas. Merkwürdig ist, dass ich schier physisch die Nähe der Deutschen empfinde, an jeder Straßenecke erwarte ich, dass ein Deutscher hervorspringt. Und ich sehe ganz deutlich sein deutsches Gesicht, seinen spitzen Helm, höre seine dreisten, herausfordernden Worte. – Verschone uns, o Herr!

Ja die Perspektiven, die Perspektiven, die Haare stehen einem zu Berge über diese Perspektiven. Aber warum bin ich so geartet ... so unbedeutend, armselig? Ich bin doch ein anständiger Mensch, warum habe ich früher nichts gewusst, nichts verstanden, habe alles mit einem idiotischen Vertrauen betrachtet, wie ein verzauberter Esel, wenn man sich so ausdrücken darf. Warum bin ich ein so nichtig Geschöpf? »Das Vaterland ist in Gefahr«, welch unsäglich schreckliche Worte, das Vaterland ist in Gefahr. Und wozu hin ich da, wie zum Teufel nütze ich dem Vaterlande. Irgendein beliebiges Pferd ist dem Vaterland in dieser furchtbaren Zeit nützlicher als ich, mit meiner ganzen widerlichen Anständigkeit, – es ist ekelhaft, ekelhaft.

Jetzt hört man schon auf allen Seiten, sogar in unserem ungläubigen Kontor die Worte: »Herr, errette Russland!« Wenn aber Gott sich Russland nicht zuneigen und es nicht erretten will? Wenn er ihm zuruft: »Wenn Du so dumm und räuberisch und gemein bist, gehe zugrunde mit Deinen Miasojedows!«

Was geschähe, wenn jetzt dieses ganze Land, das man Russland nennt, zugrunde ginge? Schrecklich! Mit allen Kräften der Seele kämpfe ich gegen diesen Gedanken, will ihn nicht aufkommen lassen ... aber im Herzen ist ein Entsetzen, eine Kälte, eine nagende Pein. Doch was kann ich tun?! Hier brauchte man einen Simson, brauchte man Helden und wie weit bin ich mit meinem ganzen Heldenmut davon entfernt. Ich stehe wie ein nackter, armer Sünder beim letzten Gericht, erbebend in Angst und Schauern und kann kein Wort zu meiner Rechtfertigung finden ... beim letzten Gericht gibt es kein Lügen, kein Advokat kann Dich verteidigen, Deine irdische Schlauheit und List sind hier zu Ende, zu Ende!

Dies empfand beim Betrachten des Weltkrieges Ilia Petrowitsch Dementjew, Petersburger Buchhalter und Rechnungsführer.

## DRITTER TEIL

*18. August*

In den letzten Tagen war ich zu erregt und gegen mich selbst allzu ungerecht gewesen. Die Erregung trübt das Urteil, wo es nötig wäre, die Dinge klar und ruhig ins Auge zu fassen. Besonders haben mich die Enthüllungen erschüttert, die unsere ciceronischen Dumaabgeordneten wie Peitschenschläge auf die Anwesenden herabsausen ließen. Es ist eine müßige Frage, ob ich etwas zu tun unterlassen habe, wenn selbst unsere Duma-Ciceros nichts sahen. Für sie wäre die fürsorgliche Umsicht auf jeden Fall mehr Pflicht gewesen.

Natürlich bin ich kraftlos (ich bestreite es nicht), aber hängt denn meine Kraft von mir selbst ab? So wie ich bin, so bin ich, und wäre ich als Simson oder Joffre zur Welt gekommen, so wäre ich eben ein Joffre. Unverständig wäre es, wenn mir irgendein Dummkopf, in der Meinung, dass ich ein Mathematiker, eine Integralrechnung zur Lösung vorlegte, noch unverständiger ist es, von mir zu fordern, dass gerade ich die Aufgabe des Weltkrieges und der russischen Zustände lösen solle. Nicht ich wollte und begann diesen Krieg, nicht ich verursachte diesen ganzen Wirrwarr und es ist lächerlich, das Ganze auf meine Schultern zu laden. Sie haben einen Berg vor Dir aufgebaut, Dir nicht einmal eine Schaufel in die Hand gegeben und verlangen nun, dass er in einer halben Stunde abgetragen werde. Nein, – wären Sie nicht geneigt, ihn selbst abzutragen?

Im Kontor hat sich, Gott sei Dank, alles beruhigt und geht seinen alten Gang. Die Kinder sind zu meiner unsäglichen Freude gesund. Inna Ivanowna war am Magen erkrankt, doch geht es ihr schon besser; schließlich ist sie doch ein starkes, zähes altes Weiblein und wird uns noch alle überleben. Aber ihre Krankheit verursachte uns ungeheuren Schrecken.

Ich habe mir vorgenommen, Geld zurückzulegen und dafür im Winter das Kinderzimmer und mein Kabinett neu tapezieren zu lassen. Ganz unerträglich ist mir die Tapete in meinem Kabinett geworden, wenn ich sie nur ansehe, fallen mir sofort die weißen Juninächte ein, in denen ich ausgezogen auf dem Fensterbrett saß, oder barfuß im Zimmer umherging und mir wie ein Wahnsinniger vorkam. In jenen Stunden betrachtete ich jede Blume der Tapete, lernte jeden Strich, jeden Flecken auswendig. Ich war erst im Zweifel, ob in diesen bösen Zeiten das Herrichten der Wohnung empfehlenswert, gewann dann aber die Überzeugung, dass es sich gerade jetzt lohne. Man darf sich den äußeren Umständen nicht in dem Maße unterwerfen, dass das persönliche Leben in ein Chaos und gleichsam in einen Schweinestall verwandelt werde. Der Krieg mag Krieg sein, aber mein Haus bleibt doch mein Haus, meine Kinder bleiben meine Kinder.

Gestern Abend musste ich unwillkürlich lachen, als ich zusah, wie Jenitschka schlafen gelegt wurde. Er hat zugenommen, sieht frischer aus, und ein Schlaukopf ist er! Er ist ein sehr lieber Junge! Das Kindermädchen hat ihn nach ihrem Gutdünken allerlei Gebete gelehrt, alle natürlich für Papa, Mama und die Soldaten – der unerwartete Schluss des Gebetes aber war:

»Herr, sei mir Sünder gnädig!«

Und nachdem er diese furchtbaren Worte ausgesprochen, stand der Sünder plötzlich halbnackt auf dem Kopf und wälzte sich dann voller Vergnügen im Bette. Wie gut wäre es, wenn alle solche Sünder wären!

Saschenka hat meinen Brief an Nikolai Jewgenitsch, in dem ich seine Dankbarkeit zurückweise, gutgeheißen. Er schweigt und hat mir nicht geantwortet.

*20. August*

Jetzt, wo in der Wohnung aufgeräumt wird, zeigt es sich, wie schmutzig und vernachlässigt alles ist. Die Motten haben sich in den Tuchvorhängen, den Lehnstühlen und in den Diwan meines Kabinettes wahre Nester gebaut. Ich beschloss, um eine kleine Abwechslung zu haben, mein Kabinett in das frühere Speisezimmer zu verlegen. Man kann nicht sagen, dass es dort schöner wäre, aber es ist gemütlicher, außerdem ist es angenehm, dass das eine Fenster eine andere Aussicht hat. Zu meinem früheren Fenster kann ich gar nicht mehr hinaussehen, wenn ich nur das gegenüberliegende Haus mit seinen zahllosen Fenstern und glatten Mauern erblicke, packt mich wieder das alte quälende Gefühl, es schwindelt mir vor den Augen, ich bekomme Herzklopfen; genau, als wäre ich schon einmal kopfüber von diesen widerlichen, glatten Mauern hinabgestürzt. Ich schleppe zusammen mit dem Hausmeister die Möbel von einem Zimmer ins andere und denke darüber nach, wie klug doch der Mensch geschaffen worden ist: Die Vögel fliegen für den Winter nach dem Süden, der Mensch aber verspürt eine größere Zuneigung und Liebe zu seinem Heim, bereitet sorgfältig alles vor, um Regen und Schneestürmen besser trotzen zu können. Dies gewinnt in meinen Augen sogar eine gewisse Größe und Bedeutung, und nur das Bild meiner Lidotschka, die mir im vorigen Jahre beim Umzug half, ruft einen heftigen, hoffnungslosen Schmerz in meiner Seele wach. Sie wird nie mehr da sein!

Ja, und noch vieles Andere wird nie mehr sein, in das innerste Herz meines Nestes ist die Verwüstung eingedrungen. Ich habe den Gedanken an das Neutapezieren der Zimmer aufgegeben, es hat sich plötzlich eine solche Teuerung bemerkbar gemacht, dass dem minderbemittelten Menschen die Sorge um Brot und Beheizung die Haare zu Berge stehen macht ... übrigens will ich mein Tagebuch nicht mit diesen prosaischen Einzelheiten unseres Daseins ausfüllen.

Ach Krieg, Krieg, was bist Du doch für ein Ungeheuer!

*21. August*

Kowno, unsere Festung, von der die militärischen Autoritäten behaupten, dass sie uneinnehmbar sei, ist in den Händen der Deutschen; sie haben sie geöffnet wie eine Nuss und sogleich verschlungen.

*25. August*

Ossowitz ist gefallen.

*28. August*

Die Festung Brest ist gefallen.

Wie gut, dass ich dieses Tagebuch habe, in dem ich, ohne den Ritter sonder Furcht und Tadel spielen zu müssen, dem unerträglichen Angstgefühl, das mich erfasst hat, Ausdruck verleihen kann. Vor den Leuten muss man dies natürlich verbergen, muss ein tapferes Gesicht zur Schau tragen ... denn was geschähe, wenn alle in Petrograd von ihrer Furcht sprächen und bebten, wie ich jeden Augenblick zu beben bereit bin? Und diese Furcht ist keine Einbildung, kein leeres Geschwätz, mit dem man die Anderen ängstigt, derweil man selbst dabei ein gewisses Vergnügen empfindet. Man möchte fliehen, sich verstecken ... aber wohin, womit, woher das Geld dazu nehmen?! Du stehst wie ein Baum am Waldesrand, der von einem blätterraubenden Sturmwind überfallen, bis ins Mark, bis zu seinen tiefsten Wurzeln erschüttert wird. Ich habe noch die eine Hoffnung, dass unser Kontor evakuiert wird, es wird in diesen Tagen dort so geheimnisvoll geflüstert, Bücher werden hin- und hergetragen ... wäre es doch so!

Was eigentlich das Unheimliche, Furchtbare für die Kinder und mich ist, kann ich mir nicht recht vorstellen, begreife ich gar nicht mehr. Sogar das Wort »Krieg« hat für mich seinen Sinn verloren, »Krieg« – das ist nur mehr etwas Lebloses, ein leerer Schall, an den wir uns schon längst gewöhnt haben, nun aber nähert sich uns etwas Lebendes, Ungeheueres, alles Erschütterndes. »*Sie kommen!*« Dies sind die schrecklichen Worte, mit denen sich keine anderen vergleichen lassen. Sie kommen, sie kommen!

Jetzt beginne ich schon den weißen Nächten, die mich nach Lidotschkas Tode so sehr gepeinigt haben, nachzutrauern. Das Licht ist doch gleichsam ein Schutz, aber was soll man in den dunklen Herbstnächten tun, die schon an und für sich, auch ohne die Deutschen gar unheimlich sind? In der gestrigen Nacht, da mir die Erregung den Schlaf raubte, sah ich im Geiste ein phantastisches Bild der Deutschen, wie sie, lauter fremde deutsche Gesichter, untereinander in einer mir unbekannten Sprache redend, mit ihren Kanonen und anderen Mordwaffen heranzogen. Ich erblickte sie, genau wie im Traum, um die Wagen herumlaufend, die Pferde anschreiend, sich auf den Brücken drängend, schwer über die krachenden Bretter dahinstampfend ... fast glaubte ich ihre Stimmen zu vernehmen, so klar stand das Bild vor meinen Augen.

Und diese ungeheuere Zahl, diese Millionen unheimlich dahinmarschierender Menschen, mit ihren unerbittlichen Gesichtern, den Messern in der Hand, bereit uns die Gurgel durchzuschneiden, kommen geradeaus auf uns, auf Petrograd, auf den Potstamskoi-Platz, auf mich zu. Sie nahen auf Chausseen und Landstraßen, in Automobilen, fahren in halbzertrümmerten Eisenbahnwaggons, fliegen in Aeroplanen voraus und werfen Bomben, springen von einem Hügel zum anderen, verstecken sich hinter Erdhaufen, halten Ausblick, laufen einen Schritt vor, sind mir wieder um eine Werst näher gerückt, fletschen die Zähne, schleppen die Kanonen, stellen sie ein, und in der Ferne das Morgengrauen erblickend, laden sie dieselben rasch – und kommen, kommen, kommen! Und so bange wird mir, als lebte ich in irgendeinem verborgenen Dörfchen, einem einsamen Haus im Walde, und Räuber und Mörder drängen in dasselbe vor, um uns alle zu ermorden.

Schließlich wurde mir das Ganze so greifbar, dass ich im Bette liegend gespannt lauschte, den Kopf bei jedem nächtlichen Geräusch vom Kopfkissen hob. Es schien mir, als näherten sich Schritte, als ginge jemand suchend umher. Unerträglich! Ja, jetzt sehe ich, dass ich ein Feigling bin; aber was soll ich tun, um mich nicht zu fürchten? Ich weiß es nicht, ich weiß es nicht. Es ist schrecklich.

Und ich wollte noch das Zimmer tapezieren lassen, ich Narr!

*29. August*

Ich habe mich ein wenig beruhigt und betrachte unsere Lage mit etwas mehr Mut. Die Zeitungen und unsere Strategen im Kontor versichern, dass die Deutschen nicht bis Petrograd kommen werden. Ich glaube ihnen, – glaube es, – was soll man anders tun? Aber in den Straßen ist es so öde und trübselig, nur wenn man ein wenig die Deutschen vergisst, sieht alles noch wie früher aus, die Tramways, die Droschken, die Läden. Nur viel Schmutz und Staub liegt umher und macht einem, wenn ihn ein Windstoß aufwirbelt, ganz blind, und der Pferdekot riecht schlecht. Häuser und Höfe sind voll Schmutz, über der Newa schwebt ein Staubdunst, hüllt die ganze Petrograder Seite in Nebel ein.

Noch immer lese ich mit Erregung die Duma-Berichte, schreibe aber meine Eindrücke aus einem Gefühl der Vorsicht lieber nicht nieder. Nur eines versetzt mich stets wieder in Erstaunen: die Verblendung, mit der ich allem gegenüberstand, allem vertraute, nur die Außenseite der Dinge sah. Ein guter Staatsbürger bist Du, Ilia Petrowitsch! In einem geordneten Staate ließe man Dich nicht über die Türschwelle, – hier macht das nichts ... Du bist ja ein anständiger Mensch! Ein Huhn bist Du, das zu anderen Hühnern auf Besuch geht, und aus voller Kehle über die zerschlagenen Eier gackert.

Dieser Gedanke gefällt mir; – ich bin ein Huhn und mein Jenka ist nichts anderes als ein »Hühnerjunge«. Jetzt erst verstehe ich die ganze Bosheit, die in diesem Schimpfwort enthalten ist. Und auf den Straßen laufen gegenwärtig Hühner und Hühnerjungen herum, sowie Hundesöhne.

Stopp Maschine!

llia Petrowitsch Dementjew; Buchhalter und Hühnerspross, ich habe die Ehre.

*3. September*

Es ist etwas so Furchtbares geschehen, dass ich seit vier Tagen nicht einmal den Mut hatte, es in mein Tagebuch einzutragen. Eigentlich hätte man es schon längst aus dem Abflauen unserer Geschäfte und den immer schwieriger werdenden Verhältnissen voraussehen können, ich wusste dies ja alles, und nur meine gewöhnliche Verblendung und mein Vertrauen zu den Menschen ließ mich auch in dieser Beziehung sorglos bleiben. Unser Kontor ist ruiniert, geschlossen, Ivan Awksentisch ist plötzlich gestorben (wahrscheinlich hat er Selbstmord begangen, aber seine Verwandten verheimlichen dies) und wir Angestellten sind alle entlassen worden. Aus besonderer Großmut wurde den alten Angestellten, zu denen auch ich gehöre, noch das Monatsgehalt ausgezahlt; wenn man den vollkommenen Krach des Hauses in Betracht zieht, so ist dies wahrhaftig großmütig.

Und wie werde ich jetzt mich und die Kinder ernähren? Dieser Gedanke ist noch schrecklicher, als der an die Deutschen, von denen es noch nicht gewiss ist, ob sie auch wirklich kommen werden, doch dies ist Tatsache: Nach einiger Zeit werde ich nichts mehr haben, um mich und die Kinder zu ernähren.

Vor Saschenka habe ich es bis jetzt noch verheimlicht, ich finde die rechten Worte nicht, um es ihr mitzuteilen. Zu Hause wissen sie nichts, jeden Morgen gehe ich zur gewohnten Stunde fort, wandere durch entlegene Straßen, damit ich niemand begegne oder erblicke, in den Tawritschewskischen Garten, und kehre um fünf

Uhr zurück, als käme ich aus dem Kontor. Man muss irgendetwas ausfindig machen, unternehmen.

*4. September*

Zum ersten Mal in meinem Leben bin ich arbeitslos. In meiner Jugend kam es natürlich manchmal vor, dass ich zwei Wochen oder einen Monat ohne Beschäftigung war, aber ich erinnere mich gar nicht mehr, wie ich diese Zeit verbracht habe. Wohl leicht und gedankenlos, wie das in der Jugend schon so zu sein pflegt. Heute aber mit sechsundvierzig Jahren und einer Familie ...

Wem nütze ich jetzt? Welches Recht habe ich zu leben? Welche Rechtfertigung habe ich außer meiner Arbeit? Solange ich arbeitete, den hilflosen Kleinen Blut und Nahrung gab, war ich ein Mensch, ein Mann, der das Recht auf Achtung besaß. Aber jetzt, was bin ich jetzt? Ein richtiger Schmarotzer, ein vollkommen verächtliches Nichts, so sehr ein Nichts, dass ich nicht nur die Anderen, sondern auch mein eigenes, armseliges Leben nicht erhalten kann. Jeder beliebige Sperling, der auf der Straße Mist aufpickt, ist mehr wert und hat mehr Existenzberechtigung als ich. Solange ich arbeitete, existierte ich, schien ich mit meinen Händen das allgemeine Rad drehen zu helfen, aber jetzt ... seltsam: Eigentlich existiere ich gar nicht mehr. Eine qualvoll unerträgliche Lage, ein Lebendiger unter anderen Lebendigen, der sich im Inneren als Phantom, als wesenlose Erscheinung erkennt. Meine Stimme hat sich verändert, klingt leise und einschmeichelnd, mein Gang ist ein anderer geworden, als schritte ich zu nächtlicher Zeit durch ein Haus, bemüht, keinen Lärm zu machen, und nur der Umstand, dass ich dies alles in mich verschließen muss, hindert mich daran, selbst Inna Ivanowna darauf aufmerksam zu machen, dass der, der morgens das Haus verlässt und abends wieder heimkehrt – kein lebendiger Mensch sei, nur ein Phantom ist. Und wie ich vor Saschenka Komödie spiele, wie ich unsere seltenen Gespräche unter dem Vorwand der Arbeit abkürze. Arbeit!

Natürlich begreife ich, dass ich an dem Geschehen keinerlei Schuld trage, nur ein Opfer bin, aber hat das denn irgendwelche Bedeutung? Nur ein Mensch, der nicht die geringste Selbstachtung hat, kann sich mit dem Gedanken trösten und sogar einen gewissen Stolz dabei empfinden, dass er ein Opfer sei; ich sehe hierin keinen Grund zum Stolz. Im Gegenteil, je mehr ich über mich nachdenke, desto verhasster wird mir ein Mensch, der unfähig, beschränkt, von allen Kleinigkeiten, jeglichem äußern Geschehnis abhängig ist. Und bin ich so einer, dass ich jetzt ruhig die Hände in den Schoss lege?

Wo ist das, was ich geschaffen, wo sind die unauslöschlichen Spuren meiner Persönlichkeit, wo der Stempel, den meine Hände aufgedrückt haben? ... Anderthalb Stühle, ein Bett, ein Tisch bleiben den Kindern und mir, das ist alles! Aber nein, was sage ich da? Außerdem haben wir noch Kommoden, Federkissen und vierhundert Rubel in der Sparkasse, überdies ein Los, mit dem man zweitausend Rubel gewinnen kann. Interessant wäre es festzustellen, was ich besitze, was ich mit der Arbeit eines ganzen Lebens erworben habe; sehr interessant und lehrreich.

Eigentlich ist es lächerlich, aber wenn ich bedenke, dass *dies alles* ist, so kommt es mir doch furchtbar und beschämend vor. Einen Monat können wir noch in dieser Wohnung bleiben, aber wohin dann? Meine Kinderchen, meine armen Kinderchen, ihr habt einen guten Vater!

*7. September*

Zu allen Bekannten bin ich gelaufen, an etwa zweihundert Türen habe ich geklopft, von überall her Empfehlungsschreiben gebeten – kein Teufel braucht einen »ehrlichen und gewissenhaften Arbeiter«. Nur der Ratschläge gibt es viele. Ein großer Patriot rät mir, für den Krieg zu arbeiten und zusammen mit dem reichen Rabuschinsky die »Handwerker zu mobilisieren«, ein anderer, der schon mehr aufs Praktische bedacht ist, meint, ich solle versuchen, am Kriege zu verdienen, Nutzen aus ihm zu saugen, so sorglos wie das unschuldige Kind Milch aus der Mutterbrust saugt; es ist ja wahr, Nikolai Jewgenitsch hat eine Beschäftigung gefunden, die ihn gut ernährt.

Mag sein, dass ich den ersten weisen und patriotischen Rat befolgte, aber wer wird meinen Petka und Jenka »mobilisieren«? Auf den zweiten kann ich in der ganzen Bekümmernis meines Herzens bloß antworten, dass ich nicht weiß, wo sich die wohltätigen Brüste befinden, an denen ich saugen soll.

Dumm bin ich, ungeschickt, versteh mich bloß auf eine einzige, bloß auf meine frühere Arbeit. Mein Gott, mein Gott, mit welchem Neid, welcher Verzweiflung, welch niedriger Begehrlichkeit blicke ich auf die Reichen, auf ihre Häuser mit den Spiegelfenstern, ihre Automobile und Wagen, auf den herausfordernden Luxus ihrer Kleidung, ihre Diamanten, ihr Gold! Ich bin doch ein ehrlicher Mensch; all dies ist leeres Geschwätz, ich bin nur neidisch und unglücklich darüber, dass ich selbst unser Leben nicht so aufzubauen vermag. Wenn alle stehlen, warum muss gerade ich – im Namen irgendeines Ehrbegriffes, über den man nur spotten kann – verhungern!

Leichter wäre es in den Tod zu gehen, als Saschenka mitzuteilen, dass ich meine Arbeit verloren habe und jetzt nichts mehr bedeute. Wie ich mich früher doch anders fühlte, welchen Stolz, welche Wichtigtuerei und Ansprüche ich an den Tag legte: »Ich muss Dich dringend bitten, Dich um mein Essen zu bekümmern; mein Magen ist nicht nur für mich, sondern auch für Euch alle von Wichtigkeit, was soll geschehen, wenn ich erkranke? ... »Ich bitte Euch nicht zu lärmen, ich will ausruhen?« »Warum ist der Tee ganz kalt?« »Warum ist mein Rock nicht geputzt, am Ärmel sehe ich ein Loch! O, Ihr!«

Ich spare, indem ich weniger esse, das Abendessen habe ich unter dem Vorwand, meinen wertvollen Magen zu schonen, ganz aufgegeben. Hunger verspüre ich keinen. Gestern fiel es mir plötzlich ein, dass ich bei meinen vielen Gängen durch die Stadt die teuren Schuhsohlen rasch abnütze, und so setzte ich mich für fast zwei Stunden im Rutnianischen Square auf eine Bank, saß mit emporgezogenen Füßen, um die Schuhe zu schonen. Wie weit wird diese, meine Qual noch gehen? Wird sie kein Ende, keine Grenze finden? Kein Fleckchen ist mehr an mir, in das ihr Stachel nicht schon eingedrungen wäre. Im Gedanken stelle ich mir mein Herz vor, und sehe kein lebendes, von erhabenen Gedanken und Wünschen erfülltes Menschenherz vor mir, sondern etwas, das einer angeschwollenen Blutwurst gleicht. Was habe ich denn verbrochen, um so gefoltert zu werden, Tag und Nacht diese unmenschliche Strafe erdulden zu müssen?

Ist dies nicht eine Verhöhnung des Menschen? Und wie lange will ich sie denn noch ertragen, mich immer mehr erniedrigen, meine Stimme zu einem lakaienhaften Geflüster herabsinken lassen, mich demütig verbeugen? Sollte ich etwa Angst haben?

Gestern im Square blickte ich lange auf die verstaubten Wege, auf die Bäume mit welken Blättern, auf die fernen Häuser, diesseits der Neva; – plötzlich ward mir klar, dass ich in kürzester Zeit dies alles verlassen, dorthin kommen könnte, wo meine kleine Lidotschka, mein unendlich geliebtes Kindchen ist. Und dieser Gedanke war so voll leuchtenden Glückes, ein solch himmlisches Licht erhellte dabei meinen armen Kopf, als sei ich für einen Augenblick reicher und freier als die reichsten Menschen der Welt.

Wozu kämpfe ich eigentlich, kämpfe ich gegen die Tücke des Schicksals und schone meine Schuhsohlen, wie ein redlicher Bettler? Die Erlösung und das Glück sind jedem Unglücklichen so nahe, wo ein tiefes und reißendes Wasser fließt.

*9. September*

Nichts.

*10. September*

Heute begab ich mich, dem guten Rate eines unserer gewesenen Kontoristen gemäß, in ein Café am Newsky, wo sich die »Geschäftsleute« treffen, um nach eventuellen Armeelieferungen Ausschau zu halten. Jeglicher Erfolg hing von meiner Gewandtheit ab, ich hätte sprechen, irgendeine Anekdote erzählen, bekannt werden und mich dann den Leuten ganz einfach aufdrängen müssen.

Natürlich fehlte mir alles, die Gewandtheit, die Anekdote. Im Anfang lächelte ich alle an, in der Hoffnung, dadurch ihre Sympathien zu gewinnen, hustete, rief voller Gewandtheit nach Tee und Pirogen, dann aber setzte ich mich rasch und verfiel in ein steinernes Schweigen, als hätte ich meine Stimme verloren. Diese Leute verwirrten mich, machten mich stumpfsinnig mit ihren großen Worten, blind und fast bewusstlos mit ihren raschen, leichten Bewegungen. Wie sie sich hielten, wie sie da saßen, wie sie auf alle blickten und sofort wieder zu ihren früheren Gesprächen zurückkehrten. Und sieh nur, nach einer Minute wurden sie mit einander bekannt, rauchten, flüsterten, steckten die Köpfe zusammen, beschimpften sich gegenseitig, umarmten sich fast, wie die ältesten Freunde. Ihren oft ziemlich laut geführten Gesprächen konnte man nur schwer folgen, der Sinn derselben aber war ganz klar: Was man verkaufe, was man esse, was man stehle, wen man ruiniere und verrate. Das nennen sie »erarbeiten«!

Augenscheinlich ging es gut mit dem »erarbeiten« und doch trugen die meisten von ihnen schmutzige, billige Anzüge und nur bei zweien bemerkte ich echte Diamantringe und diamantene Hemdknöpfe. Dafür aber hatten sie alle Wertpapiere, ein Dicker zeigte deren eine ganze Menge und nicht aus Zeitungspapier, sondern wirkliche richtige Banknoten ... es ist leicht möglich, dass ihnen der Schmutz formell nötig ist, dass ihn diese Herren als eine Art Uniform tragen! Entsetzliche Gauner!

Ich will meine Sünden nicht verheimlichen: Als ich ins Café ging, war ich, ohne jegliche moralische Hemmung zu allem bereit und hätte mir jemand klar und deutlich gesagt:

»Hören Sie, Ilia Petrowitsch, man muss heute eine Kasse aufbrechen oder Wechsel fälschen, wären Sie gegen eine anständige Vergütung dazu bereit? ...«

Ich hätte den Auftrag oder die Bestellung ohne Zögern angenommen, zumindest glaube ich es. Nachdem ich aber etwa eine Stunde lang schweigend dagesessen und ihre Gesichter und Krawatten, ihre schmutzigen Fingernägel und Diamanten betrachtet hatte, packte mich ein unsäglicher Ekel vor diesen Leuten, ein Ekel, der sich sogar auf ihre Hemden ausdehnte, besonders aber auf sie selbst, ihre Gesichter, ihre ganz schmutzige, gemeine Existenz. Entsetzliche Gauner!

Am meisten fiel mir ein Herr mit einem schwarzen Schnurrbart auf und sein Anblick ließ mich sogar eine Zeitlang meiner eigenen hoffnungslosen Lage vergessen. Er war ein noch jüngerer, außerordentlich gesund und stark aussehender Mann, reich gekleidet und benahm sich inmitten dieser unbedeutenden Leute mit so viel Ruhe und Wichtigkeit, dass man unwillkürlich eine gewisse Scheu vor ihm empfand. Er sprach wenig, hörte mehr zu, lächelte selten und vermied es mit vollkommener Gleichmütigkeit, einem der schmutzigen Subjekte die Hand zu reichen, was übrigens weder das Subjekt noch die anderen zu beachten schienen, genau als ob das so in der Ordnung wäre. Einmal wandte er mir seine schwarzen, gleichgültigen, harten Augen zu und seltsam, – obwohl ich klar empfand, dass er ein großer Betrüger, vielleicht ein Bösewicht sei, erfasste mich ein sklavisches Verlangen, mich vor ihm zu verneigen und ein liebenswürdiges Gesicht zu machen. Er bemerkte mich wohl kaum oder bewertete mich nur auf einen Groschen, was ja auch mein wirklicher Wert ist, und wandte sich wieder ab. Als er fortging, rief er niemanden, um seinen Tee zu bezahlen, fünf Leute begleiteten ihn bis zur Tür. Aus dem darauffolgenden Gespräch erfuhr ich, dass dieser Herr auf irgendeine Art und Weise einige Millionen verdient habe. Sie sprachen von drei oder vier Millionen; – und wenn man, dies für eine Übertreibung haltend, davon die Hälfte abzieht, so bleibt immerhin noch genug – zwei Millionen.

Nachdem ich das Café verlassen hatte, vermochte ich den Rest des Tages diesen Mann nicht mehr aus meinen Gedanken zu verbannen. Was hatte er wohl getan, um diese Millionen zu erwerben? Welche Räubereien, welche Verrätereien begangen? Was mag das für ein Mensch, wie eigenartig muss seine Seele beschaffen sein, dass sie so ruhig bleiben kann, dass ihr weder vor Blut und Krieg, noch vor Gott und Teufel graut. Und es ward mir schwer zu glauben, dass er aus dem gleichen Material geschaffen sei, wie ich. Ich sehe sein Gesicht vor mir, seine Kraft und Gesundheit, seine körperliche und seelische Ruhe – und fühle mich besiegt. Zu Hause während unseres Mittagessens stellte ich ihn mir absichtlich in unserem Kreise vor neben Inna Ivanowna, die sich kaum getraut, einen Bissen Brot oder ein Löffelchen Suppe zu essen, weil sie darauf kein Recht zu haben glaubt; ich erinnerte mich ihres Pawluschas und jenes schrecklichen Augenblickes, da ich ihr die Nachricht seines Todes überbringen musste – und das Geheimnis der Menschenseele drückte mich noch tiefer zu Boden.

Ich muss zugeben, keine tugendhafte Erwägung hätte meine hässliche und dumme Hoffnung auf Bereicherung durch Raub so zu zerstören vermocht, wie es der Anblick jenes Mannes getan. Zum großen Dieb wird man geboren, zum kleinen fehlt mir die Flinkheit, die Gewandtheit, der fröhliche Leichtsinn. Dem einen die Millionen – dem andern das Gewissen – wahrlich eine weise Güterverteilung!

*11. September*
Ich habe plötzlich Sehnsucht nach Luxus bekommen. Nicht nur, dass ich mit Appetit zu Abend aß, nein, ich ging noch am Tage zu Elistwewa und mit der Gebärde eines Millionärs, der sich vier Millionen erworben hat, vergeudete ich einen Rubel für ein Pfund Moskauer Wurst, wie sie die Kinder und Inna Iwanowna gerne essen, mögen sie sich daran erfreuen und den mächtigen Ilia Petrowitsch preisen! Außerdem brachte ich Saschenka zwei Pfund feine Bonbons und zweitausend Zigaretten für die Soldaten mit und nahm, gewissenlos wie ich bin, ihren dankbar zärtlichen Kuss hin, ohne zu erröten. *Dort* kann ich nicht, also will ich *hier* stehlen!

Jetzt aber, trotz meines gesättigten Magens, empfinde ich eine Reue, als hätte ich auf der Landstraße einen Mord begangen. Scheinbar verstärkt das Sattsein das Gewissen und die Reue. Ich bin schläfrig und gähne mit weit offenem Munde wie ein Millionär. Es ist das erste Mal, dass ich, seit das Kontor geschlossen wurde, Schlaf verspüre.

*11. September*
Ich war schläfrig, kaum aber lag ich im Bett, so war aller Schlaf gewichen und wieder ging ich bis zum Morgen rauchend umher, im Gedanken nach einer ehrlichen und einträglichen Beschäftigung suchend. Zwei fand ich: Diener in einem Restaurant (Männer sind jetzt gar selten) oder Trambahnkondukteur. Am Tage aber, beim Lichte der Sonne und klaren Kopfes besehen, erkannte ich, dass diese Beschäftigungen mir nicht entsprächen, da ich dazu infolge meiner schwachen Gesundheit und der Ungewohnheit schwerer Arbeiten, die von Dienern gefordert werden, unfähig sei. Aber wohin, wohin?

*13. September*
Ich lerne Petrograd vom Standpunkt des Touristen oder Philosophen kennen. Stundenlang betrachte ich die Denkmäler, als hätte ich sie noch nie gesehen und gehe, tief in Gedanken versunken, um sie herum. Besehe mir die Paläste und die neuen Bauten, versuche die Schönheit der Architektur zu genießen. In jeder Beziehung sehr interessant ist die neue türkische Moschee, die sie in der Nähe der Troizkischen Brücke erbaut haben; man kommt sich

dort ganz wie ein freier im fernen Osten gelandeter Reisender vor. Ich frühstücke dort gerne im Square und denke über die verschiedenen Religionen nach. Auch in das nach Alexander dem Dritten benannte Museum ging ich, um mir die Gemälde anzuschauen. Nur den Bekannten weiche ich aus, und sehe ich welche in der Ferne, so laufe ich eiligst in die nächste Nebengasse.

Von den Deutschen weiß ich nur, was die vom Generalstab herausgegebenen, an den Straßenecken angeschlagenen Meldungen verkünden, Zeitungen kaufe ich keine mehr. Aber das Aussehen der Straßen und die Gesichter der Vorübergehenden lassen mich erkennen, dass es schlecht mit uns steht und dass die Deutschen immer näher rücken. Ich weiß nicht wie das enden soll, mache mir auch nur wenig Sorgen darüber, für mich wird das Ende noch früher kommen. Ich habe nicht einmal gewusst, dass Grodno am 21. gefallen war.

So als Gespenst zwischen den Lebenden umherzugehen, bringt einen auf seltsam phantastische Gedanken, man sieht das ganze Leben von einer anderen Seite, als Abseitsstehender, ich möchte fast sagen von oben aus der Vogelperspektive. Ich philosophiere und mache mir ein Bild von Menschen und Staat. Die lärmenden Lastautomobile, die schwerbeladenen Pferde, das ganze fieberhaft nutzlose Treiben betrachtend, fange ich plötzlich an zu verstehen, weshalb der Krieg kommen musste. Der Krieg musste kommen, weil jeder Mensch mehr haben wollte als die anderen. Früher hieß ich dies Verlangen gut. – Mit einer großen Neugierde, die den wirklich Lebenden unverständlich sein muss, betrachte ich die Stadt wie sie, aus was für Material sie erbaut ist, weshalb sie Plätze, Straßen und Nebengässchen hat. Ich verstehe die Bedeutung der Trambahnen. Es gefällt mir, dass die Häuser in Wohnungen abgeteilt sind, dass Portiers die Türen hüten. Die Ufer aus Granit gefallen mir, ich sah, wie die neue Ochtenskische Brücke aufgezogen wurde, um die Dampfschiffe durchzulassen und auch dies gefiel mir; unendlich gefällt mir auch das Menschengetriebe am Bahnhof, wohin ich alle Tage gehe. Zu gleicher Zeit aber habe ich als Philosoph und abseits stehender Mensch nicht das Geringste dagegen einzuwenden, dass all' dies in die Luft gesprengt werde, die Brücken, die Ufer, die Gebäude; es wäre höchst interessant. Man kann sich ungefähr ein Bild davon machen, wie alles brennt und zusammenbricht und wie die Stadt nachher, wenn alles zerstört ist, aussehen würde. Sehr niedrig wird es sein.

Heute sah ich zwei unserer Aeroplane fliegen, einer derselben hielt sich ganz nahe am Rande einer ungeheuren Wolke; ich wäre nicht ungern mit ihnen geflogen. Überhaupt fühle ich mich als »Lord« und, Scherz beiseite, ich empfinde für Augenblicke ein recht angenehmes Gefühl. Es tut mir nicht leid um das Geld und ich mache allen wie ein Lord Geschenke, bereite allen Überraschungen; habe den Kindern wieder etwas zum Vorschmack gekauft, Saschenka kandierte Früchte mitgebracht, die ich ihr mit einer schönen Verbeugung überreichte. Lord! ...

*16. September, Donnerstag*
In der Stadt summt es, wie in einem Bienenstock, die Menschen laut sprechend auf der Straße beisammen: Die Staatsduma ist aufgelöst – und sie war unsere einzige Hoffnung. Es ist seltsam, was sich die Petrograder alles erlauben, sie schreien aus voller Kehle Dinge durch die Straßen, die sie früher nicht einmal flüsternd im Schlafzimmer auszusprechen gewagt hätten. Es herrscht völliger Wirrwarr. Wenn ich auf der Straße gehend all dies erregte und sinnlose Getöse höre, denke ich mir, Helden! ... übrigens was geht es mich an?

Ich begab mich zusammen mit anderen Müßiggängern zum Taurischen Palast, es lohnte sich wirklich nicht. Mit einer kleinen Anzahl Neugieriger sah ich mir das Portal und die heraustretenden Abgeordneten an ... es war nichts zu sehen, es sind Leute wie alle anderen. Sie benahmen sich, als wäre es angenehm und erfreulich, dass gerade ihnen die historische Rolle zufiele, in jenem Augenblick auseinandergehen zu müssen, da das »Vaterland in Gefahr« ist. Ihre Schritte klangen bedeutungsvoll, sie saßen bequem in ihren Equipagen und sahen alle in so hohem Maße Professoren ähnlich, dass man das Lachen nur schwer verbeißen konnte.

Als ich aber darüber lächelte und einen kleinen Scherz machte, nannte mich ein junger Mensch einen vom »schwarzen Hundert«. Warum tat ich es auch? Ich beschloss nunmehr die Versuchung zu meiden, um nicht am Ende noch totgeschlagen zu werden, stand dann noch lange auf der Ochtenskischen Brücke und warf schließlich sechs Kopeken hinaus, um mit dem Dampfer bis zum Wassili-Ostrow zu fahren.

Es zieht mich jetzt immer zum Wasser hin. Das Sprühen der Wellen und die kühle Brise, die einem ins Gesicht weht, wenn man dort sitzt, haben etwas Beruhigendes ... aber auch etwas hoffnungslos Trauriges und Quälendes.

*17. September*

Ich habe jetzt erfahren, was die *Leere* ist. Es ist dies etwas Schreckliches und Ungewöhnliches. Überall ist sie, von mir ausgehend bis zum Monde, den ich am Abend vom Englischen Quai aus betrachtete. Besonders furchtbar und ungewöhnlich ist es, dass sie alle Häuser und Wohnungen, Mauern und Decken überflutet. In jedem Haus, in jedem Zimmer herrscht die Leere. Hat sie aber einmal alle Mauern überschwemmt, so wird, dies deucht mich, im Verlaufe eines Monats auch von den Sternen nichts übrig bleiben.

Besonders grässlich war es gestern um das Morgengrauen. Ich war in der Nacht eingeschlummert und hatte einen bösen Traum gehabt, dann kam Lidotschka im Traum zu mir, und ich erwachte. Ich konnte, von Unruhe erfasst, nicht mehr einschlafen, ging in mein neues Kabinett hinüber und setzte mich aufs Fensterbrett. Es begann bereits zu dämmern, aber ein leiser Regen machte alles grau und eintönig, man sah keinen Anfang und kein Ende. Und da empfand ich zitternd die große Leere, die im Zimmer herrschte und aus dem Zimmer hinaus in die Unendlichkeit flutete. Alles ist Leere, und der einzige Unterschied, dass jene Leere, die in den Zimmern haust, sich ein wenig erwärmen lässt, damit der Mensch nicht vor Kälte sterbe. Und das, was hier auf dem Fensterbrett sitzt, dachte ich weiter, ist ein Mensch, um den herum sich die Leere breitet. Die erwärmte Leere wird Wohnung genannt; bald werde ich keine Wohnung mehr haben.

Und dann bemerkte ich, das ich wieder nur halb bekleidet da saß, wie einst, und noch mehr als damals einem Wahnsinnigen glich. Und so langbeinig, so graubärtig! Ilia Petrowitsch, Du bist erledigt, Ilia Petrowitsch.

Als ich mich heute zur Ruhe begeben wollte, war es bereits ein Uhr nachts, doch blickte der Mond durchs Fenster und ich beschloss spazieren zu gehen und mir den Mond anzusehen. Es ist unangenehm, dass der Portier und der Hausmeister, jedesmal wenn ich des Nachts ein- und ausgehe, darum wissen; zu der Wohnung habe ich meinen eigenen Schlüssel. Wenn mir etwas zustoßen sollte, brauchte dies niemand aufzufallen, Jenitschka ist ein süßer Junge.

*19. September*
Welch' entsetzliche Vision hatte ich, eine Vision, die Wirklichkeit war. Zufällig befand ich mich am Finnländischen Bahnhof, als einige unserer Invaliden aus Deutschland eintrafen ... Geheilte, Zurückgekehrte, also nichts Furchtbares: Was ist da weiter dabei? ...

Ein blinder, ganz in seine eigenen nichtigen Angelegenheiten vertiefter Tor, hatte ich nicht begriffen, warum sich eine solche Menge auf dem Bahnhof drängte, dachte es sei etwas Heiteres, Festliches. Sah nur die Blumen, die Fahnen und Kreuze, wie bei einem Empfang der Jugend; als ich aber erfuhr, um was es sich handle, ward mir kalt und ich wartete mit Schaudern auf das Eintreffen des Zuges. Ich konnte mir nicht vorstellen, welches Entsetzen meiner harre.

Und als sie dann kamen, ohne Arme, ohne Beine, als die Blinden und Krüppel vorbeigeführt wurden, die Musik spielte und man ihnen militärische Ehren erwies, glaubte ich, das Herz müsse mir brechen und begann inmitten all dieser Menschen zu weinen. Ich schloss die Augen und lauschte: Man hörte keine einzige Stimme, nur das Schlürfen der Schritte, das Klopfen der Holzbeine auf der Plattform, – und die Musik spielte ... es ist schwer zu verstehen, was vorging. Ich öffnete die Augen, glaubte ihnen nicht trauen zu dürfen, in grellfarbige Hemden gekleidet, rot und blau, standen die Invaliden da, wie die Bräutigame aus dem Dorfe, – aber ohne Augen, ohne Beine ... sind dies die Bräutigame unseres heutigen Mütterchens Russland? Was bin dann ich, der Zuschauer?

Dann setzten sie sich nieder und aßen; auch ein Bild! Aßen das heimische Brot des eigenen Bodens und weinten; unsäglich wehevoll war es, die erschöpften Gesichter zu sehen, die so wohlbekannt erschienen, als wäre jedes das eines Freundes oder Bekannten gewesen. Man richtete an sie Reden, begrüßte sie ... ich aber schaute auf den mir am nächsten sitzenden blatternarbigen, erblindeten Soldaten, sah wie seine Backenknochen bebten, er nicht imstande war, den Löffel zum Munde zu führen, und da erfasste mich das Gefühl, als müsste sich die Erde zu meinen Füßen öffnen und mich verschlingen, wie etwas Unreines. Und dann kam ein hübscher junger Offizier und sah seinen einarmigen Bruder, der kaum dem Knabenalter entwachsen; und wie sie einander anlächelten, unentwegt lächelten, da konnte ich mich nicht länger beherrschen, schob mich durch das Gedränge, ich weiß nicht mehr recht, wie es mir gelang durchzukommen, ging in eine Ecke des Bahnhofs, wo niemand war, und verneigte mich dreimal bis zur Erde.

Bräutigame, Ihr meine geliebten in Euren roten Hemden! Schwer lasten die hochzeitlichen Kränze auf Euren Häuptern, rotglühend brennen sich die Verlobungsringe in Euer Fleisch, diese Ringe, die Euch auf ewig mit der heimatlichen Erde verbinden. Bittet für mich Verzweifelten.

*20. September*

Saschenka, meine Freundin! Aus dem kurzen Brieflein, das ich für Dich auf dem Tisch zurücklasse, kannst Du ersehen, dass Du die Ursache meines Todes in diesem Tagebuch finden wirst. Lies es mit Aufmerksamkeit und Güte und Du wirst meinen Entschluss, der mich veranlasst, aus dem Leben zu scheiden, verstehen und vielleicht sogar gutheißen. Denn ich bin bloß ein niemand nützlicher Mensch und habe so viel gelitten. Ich weiß, dass Du mich liebst, und will diesen heiligen Glauben an Deine Liebe zu unserer Lidotschka mitnehmen in ihre traurige Einsamkeit, die zu teilen ich mich heute mit freudiger Ruhe anschicke.

Jawohl, Saschenka, mit freudiger Ruhe. Glaube nicht, mein Täubchen, zerreiße Dir nicht das Herz mit dem Gedanken, dass ich in Angst und Leiden sterbe, dass es mir weh tut, mir schwer fällt ... nein, mit Freuden werfe ich die meine Kräfte übersteigende Last des Lebens von mir. Ich bin ein Schwächling, Saschenka! Schon seit drei Wochen verheimliche ich Dir, dass ich meine Beschäftigung verloren habe und dass uns allen Hunger und Elend droht, ich schämte mich, Dir meine Schwäche und Nichtigkeit einzugestehen. Natürlich hätte jeder andere, fähigere Mensch einen Ausweg aus dieser Lage, eine neue Arbeit gefunden, ich aber kann es nicht, und da ich es nicht kann, wozu bin ich denn gut? Der

Gegenstand gesellschaftlicher Wohltätigkeit will ich nicht sein und habe auch kein Recht darauf: Gestern sah ich am Bahnhof unsere Invaliden und weinte über ihr bitteres Unglück; diesen muss man helfen, nicht mir.

Und was bin ich Dir, meine arme Schöne, mein goldenes Herz? Ich bin nicht mehr jung an Jahren, mein Äußeres ist nicht anziehend, Du kannst mich nur aus Deiner unendlichen Güte heraus lieben; bin ich nicht mehr, wird Dir alles leichter und freier sein auf dieser Welt, in der ich stets nur störte. War ich denn ein Mann? Habe ich Dich denn mit starker Hand den schweren Weg des Lebens geführt, mit dem Lichte meiner Vernunft das Dunkel erhellt? Nein, kleine Freundin, ich war schlecht, armselig, egoistisch. Habe ich Dich nicht mit den dummen Ansprüchen meines Magens gequält ... wie beschämend ist es, sich dessen auch nur zu erinnern, Saschenka! Habe ich Dich nicht in Deinen aufopfernden Bemühungen im Lazarett gehindert, Dich ins Haus zurückgezwungen, stolz behauptet, dass ich mich nicht um die Kinder kümmern könnte; ohne Einsicht dafür, dass Du Dich um die Verwundeten kümmern lerntest, die es schwerer haben als die Kinder? Ich schäme mich des Gedankens, mit was für einem Gesicht, mit welchen Grimassen ich Dir begegnete, wenn Du heimkamst, oder ich selbst ins Lazarett ging, um dort zu nörgeln.

Ich bitte Dich nur um Eines, vergiss es, denke nie daran, *was ich Dir nach Lidotschkas Tode gesagt habe*. Wenn Du Dich meiner hässlichen und grausamen Vorwürfe erinnerst, werde ich selbst im Grabe keine Ruhe finden. Vergiss und verzeihe.

Und noch eins, Du weißt es selbst, wirst es nie vergessen, verheimliche es meinen Kindern, wenn sie älter werden – damit sie sich ihres Vaters nicht schämen. Saschenka ... Russland hat mich verflucht. Gestern vernahm ich den Fluch, als sie vor meinen Augen standen, die unglücklichen, blinden, zu Krüppel geschossenen Invaliden, unsere, Deine und meine Beschützer; und da brach mir vor unsagbarem Weh das Herz. Als ich die nutzlosen Tränen weinte, die ich nicht gekannt hätte, würde mich nicht der Zufall auf den Bahnhof geführt haben, hörte ich Russlands verdammende Stimme: Sei verflucht, Du mein schlechter Sohn! Das ist keine Einbildung, Saschenka, kein Phantasieren: Ich habe die Stimme gehört.

Du kannst sagen, dass dies Wahnsinn ist und es schmerzt mich bitter, sagtest Du es; nein, meine Freundin, wahnsinnig war ich früher, ehe ich diese Stimme gehört und mir an die Brust geschlagen; als ich wie der Pharisäer meine eigene Makellosigkeit lobte und die Anderen verurteilte. Wäre ich ein Deutscher, so würde mich Deutschland verfluchen, weil auch dort blinde Invaliden, ohne Arme, ohne Beine, die Verteidiger der anderen sind. Urteile selbst, Saschenka, was habe ich in diesen für das Land so schweren Jahren für Russland getan? Ich habe nur nicht gestohlen, aber genügt denn das? Und wusste doch, wie alle anderen, dass das Vaterland in Gefahr, wiederholte selbst beharrlich diese furchtbaren Worte, wie ein gelehrter Papagei; aber was tat ich? Nichts! Es ist entsetzlich zu denken, welch unerbittliche Verurteilung in diesem kurzen Worte liegt.

Ohne zu beben, mit eigener Hand, vollziehe ich mein Todesurteil, wie man Spione und Verräter hinrichtet, für die auf Erden kein Platz. Russland hat mich mit seiner Mutterstimme verflucht und ich kann nicht, wage einfach nicht weiter zu leben. Ich schäme mich, Dir in die Augen zu sehen, Saschenka. Es wird ja, wo ich früher existierte, nicht einmal ein leerer Platz zurückbleiben, so nutzlos war ich allen, niemand wird bemerken, dass ich nicht mehr da bin. Nur ein Zweifel, eine Angst peinigen mich, wird sich meine Lidotschka nicht von mir abwenden, wenn ich sie im Chor der himmlischen Geister suchen werde? Nein, – dort begreifen sie alles besser als hier, und werden mir mein fruchtlos unfreiwilliges, grausames Leiden anrechnen, mit dem ich meine Nichtigkeit bezahlt habe. Dort gibt es keine Starken und keine Schwachen, dort sind alle gleich und ich werde unter dem Mantel des Heilandes eine Zufluchtsstätte finden. Meine irdische Schuld habe ich getilgt, dort gilt eine andere Buchführung.

Sei glücklich, Du meine Geliebte, Gute, Einzige. Gott möge Dir alle Liebe vergelten, die Du mir geschenkt hast, all Deine Zärtlichkeit, Deine Nachsicht, jede Berührung Deiner lieben, geliebten Hände. Du musst nicht um mich weinen. Lass nur drei Seelenmessen lesen: für Lidotschka, für Pawluscha für die im Kriege Gefallenen und mich. Suche meinen Körper nicht, er wird irgendwo im fernen Meere ruhen. Lebe wohl, lebe wohl.

*22. September*

Es haben sich so wunderbare, so göttliche Dinge ereignet, dass ich sie, um nicht verwirrt zu werden, der Reihe nach erzählen muss.

Es war am dritten Tage. Ich hatte beschlossen mich zu töten, wollte aber noch den ganzen Tag mit den Kindern verbringen, ging mit ihnen im Alexandrowsky-Park spazieren, kaufte ihnen Konfekt, um sie zu erfreuen, und brachte Inna Ivanowna etwas Gutes zum Mittagessen mit. Übrigens hatte ich auch ihrem Sohn Nikolai Jewgenitsch geschrieben, den Brief glücklicherweise aber nicht abgeschickt. Am Abend, als die Kinder für mich gebetet hatten und schlafen gegangen waren, brachte ich alle meine kleinen Geldangelegenheiten in Ordnung, (wie gut, dass ich keine Schulden habe!), schrieb Briefe an die Polizei und an Saschenka, und ging gegen ein Uhr nachts zur Troizkischen Brücke, von der ich mich, die späte Stunde, da sich keine Leute mehr dort befänden, ausnützend, in die Newa stürzen wollte. Um weniger leiden zu müssen und bestimmt unterzugehen, hatte ich zwei Bleigewichte von der Kuckucksuhr der Kinder, die schon seit langem verdorben ist und nicht mehr geht, abgenommen und in die Tasche gesteckt. Auf dem Wege wollte ich noch einige Steine sammeln. Ich kann ganz aufrichtig sagen, dass ich keine Angst und auch kein besonderes Bedauern empfand; nur als ich Saschenka schrieb, hatte ich ein wenig geweint, doch waren das sozusagen »konventionelle« Tränen gewesen.

Besonders beschäftigte mich der Gedanke, wie meine Teueren ohne mich auskommen würden, und es schien mir, als müsse dies sehr gut gehen. Vaterlose Kinder haben allüberall ein Anrecht auf Hilfe, auch setzte ich einige Hoffnung auf Nikolai Jewgenitsch, an den ich mich persönlich nicht hätte wenden können. Kurz, alles schien in Ordnung; den halben Weg dachte ich bloß darüber nach, bis ich, in der Moskauer Straße angelangt, vor mir schwarz und öde die Newa sah. Die Nacht war düster und bewölkt, die Peter-Paulsfestung von dieser Seite aus kaum zu sehen, nur, wohl von dem Tor der Festung her, leuchtete schwach eine Laterne. In diesem Dunkel sah der breite Fluss wie das Meer aus. Über dem Wasser hingen die hellen, unbeweglichen Lichter der nahen Troizkischen Brücke, tiefe Stille, kein Mensch war zu erblicken. »Dort werde ich es tun,« dachte ich, die kalten Bleigewichte in meiner Tasche zusammenpressend. Feuchtigkeit und der Geruch des Wassers schlagen mir ins Gesicht. Lautlos klettere ich auf das Granitgeländer und laufe weiter vor. Wozu mich beeilen? Ich bleibe stehen und sehe mich um.

Und hier, in diesem Augenblick, ereignete sich etwas so Besonderes mit mir, dass es mir unendlich schwer fällt, es zu schildern. Ich bin im allgemeinen kein dummer, aber auch kein kluger Mensch, vieles sehe ich nicht, vieles weiß ich nicht, mehr noch verstehe ich nicht ... und werde ich nie verstehen trotz aller Mühen und Anstrengungen; und nie, so weit ich mich dessen entsinne, hatte ich wirklich große Gedanken. Hier aber vollzog sich eine Wandlung in mir, so unglaublich, wie in einem Märchen. Es war, als sähe ich plötzlich mit tausend Augen, hörte mit tausend Ohren, der Kopf war so erfüllt von großen Gedanken, dass ich nicht imstande war, mich zu bewegen; sitzen konnte ich, auch stehen, aber gehen, das war unmöglich. Und jedes Wort im Gehirne schien zu verstummen, selbst die Benennungen der Gegenstände waren wie vergessen, es waren nur Gedanken da, große, unerbittliche, so groß, dass sie den ganzen Erdball zu umspannen schienen. Nein, ich kann es nicht richtig ausdrücken.

Das erste, was ich begriff, war, dass ich ein Mensch sei, einer jener, die man meint, wenn man die Worte: »Leute«, »Menschheit«, »Mensch« ausspricht. Ich bin ein Mensch, ich, der ich hier, Gewichte in der Tasche mit einem Überrock bekleidet, in der erbarmungslosen, in Nacht gehüllten Stadt am reißenden Wasser stehe. Und wo sind die anderen Menschen? dachte ich weiter – und sah vor mir alle Menschen der ganzen Welt. Ist denn ein Unterschied zwischen Lebenden und Toten? Wohin gehen die Toten, woher kommen die Lebenden? Und wieder dachte ich weit, weit, sah sie alle, die Toten, die Lebenden, die Zukünftigen, eine ungeheure Zahl, vorbeitreibend gleich einer Vision, in den mondhellen Wolken schwebend, im Regen, im Wehen des Windes, in den Sonnenstrahlen, dem Fließen des Flusses. Und ich wusste – jetzt weiß ich mir keine Erklärung dafür, – dass ich unsterblich sei, unsterblich bis zur Lächerlichkeit: Petersburg konnte tausendmal untergehen, *ich* würde immer leben.

Also geschah mit mir auf der Troizkischen Brücke, an jenem Fleck, von dem ich mir vorgenommen hatte, ins Wasser zu springen; und plötzlich erschien mir der Selbstmord als etwas so Törichtes, dass ich ruhig an meiner Statt die beiden Gewichte ins Wasser warf, das Wasser spritzte nicht einmal auf, als sie hineinfielen. Und wieder dachte ich lange nach, das vorbeifließende, von den Laternen beleuchtete Wasser betrachtend. Dann sah ich zum dunklen, endlosen Himmel auf und wieder keimten in mir Gedanken auf ... wohl kann ich mich derer nicht mehr entsinnen, doch war alles so klar, so groß, genau als wäre ich ein wahrhaft Weiser, der alles sieht und alles versteht. Hinter mir erscholl auf der Brücke der Lärm von Automobilen, und ich wandte mich, ohne den Grund zu wissen, um, wartete lange auf das Herankommen anderer Automobile und freute mich, als ich an der Biegung zwei elektrische Lampen aufleuchten sah und das Schrillen der Hupe vernahm.

Und plötzlich kam eine große Demütigung über mich. Ich kann die Empfindung, die mich zusammen mit einem leisen Erschauern vor der Kälte des Wassers erfasste, nicht anders denn Demütigung nennen ... ich weiß nicht, wie es kam, aber von den Höhen der Weisheit und des Verstehens, auf denen ich mich noch eben befand, stürzte ich, fast ohne es zu bemerken, in ein Beben, ein Gefühl der eigenen Nichtigkeit und Furcht hinab; einer solchen Furcht, dass mir die Finger in den Taschen erstarrten und sich krümmten wie Vogelkrallen. »Ich fürchte mich,« dachte ich eine grausame Angst vor dem Tode empfindend, zu dem ich schon bereit gewesen, und ganz vergessend, dass ich ja schon früher die Gewichte ins Wasser geschleudert, den Gedanken an einen Selbstmord aufgegeben hatte, also eigentlich unmöglich mehr Furcht verspüren konnte. Jetzt will es mir scheinen, dass ich mich nicht mehr fürchtete, wie ich es gewöhnlich tue, dass meine Not nicht größer war, denn sonst; damals aber kam mir meine Angst ungeheuer vor. Wo waren meine Weisheit, meine großen Gedanken hingeschwunden? Ich stand auf der Brücke, wagte nicht einmal einen Blick auf den Fluss zu werfen, und zitterte, zitterte so, dass meine Zähne aufeinander schlugen. Und zu gleicher Zeit machte ich in meiner Verzweiflung einen Art Versuch, maß mit meinem Körper die Höhe des Geländers: »Gleich wirst Du Dich hinabstürzen,« dachte ich verzweifelt und fühlte schon, wie sich meine Fußzehen in den Stein einkrallten und keinen Halt fanden. »Gleich wirst Du stürzen, gleich! ...«

Und nun, diesen gewaltigen Schrecken empfindend, sah ich plötzlich in der Erinnerung ganz klar, gleichsam vom Sonnenlicht beleuchtete, wie wir damals zu Beginn des Krieges in einem Gefährt aus Schuwalow flohen, sah meine Lidotschka und die Blümchen, die ich am Wegrand für sie pflückte und entsann mich meiner zu jener Zeit so unerklärlichen Angst ... Dies also war es, was ich damals so gefürchtet hatte. Dies also ahnte und wusste meine Seele voraus! Darum die Blümchen und unsere Hast, das angstvolle Umsichblicken, der Wunsch weiterzukommen, irgendwo auf der Welt eine Zuflucht zu finden ...

Die Seele wusste, was ihrer harrte, und zitterte im schwachen Menschenleibe.

»Mein Gott, das ist alles der Krieg,« dachte ich und mit einem Mal sah ich ihn in seiner ganzen Entsetzlichkeit, seiner ganzen verwüstenden Kraft. Ich vergaß, dass ich in Petersburg sei, dass ich auf der Brücke stehe, vergaß meine ganze Umgebung, sah nur den Krieg, den ganzen Krieg. Nein, es ist unmöglich dies wiederzugeben, dieses neue Grauen, diese Tränen, die mir unbemerkt aus den Augen flossen, und so fließen sie, – fließen sie, – fließen noch immer.

Zum Glück wandte mir ein Vorübergehender seine Aufmerksamkeit zu, er war schon vorbei, kehrte aber wieder um und sagte irgendetwas zu mir. Ganz nahe, wie in einem Spiegel, sah ich ein fremdes und mir daher unheimliches Gesicht, unheimliche Augen, wich vor ihm zurück, rief irgendetwas und eilig, fast laufend, ging ich über die Brücke, zu Saschenka zurück.

Ich weiß nicht mehr, wo ich in einen Wagen stieg, wie viel ich bezahlte, nicht einmal mehr, wie ich ins Lazarett kam, weiß nur, wie ich dort vor Saschenka auf die Knie fiel und von Tränen unterbrochen, am ganzen Körper zitternd, ihr meine Beichte vorbrachte ... Und ich sage und bezeuge es vor Gott und allen Menschen: Meine Saschenka ist eine Heilige, sie gehört nicht mir, sie gehört Gott! Sie steht hoch über allen Menschen, ihre Heiligkeit ist so groß, dass ich nicht wage ihre Hand zu berühren, mein ganzes Leben muss ein ihr hingegebenes Gebet sein, mein ganzes Leben müsste ich auf den Knien vor ihr liegen, Du, meine Makellose, Herz aller Herzen, Seele aller Seelen, Saschenka, Du mein Heil!

Ich Schurke, ich erwartete Vorwürfe! Und was hörte ich, als ich unter Schluchzen und Tränen ihre heiligen Worte vernahm?

»Das tut nichts, Du brauchst keine Arbeit. Man hat mir hier ein Gehalt angeboten, ich wollte es nicht, werde es jetzt aber annehmen. Und wir werden davon leben und die Kinder ernähren. Du wirst bei mir sein, wir werden zusammen tun, was wir können. Jetzt aber bist Du wie ein Schwerverwundeter und ich führe Dich heim. Du wirst sehen, wie die Kinder schlafen, wirst unsere Mutter umarmen. Deine Seele soll sich beruhigen und ausruhen. Mein Armer, Du mein Ärmster, Ilenka, Täubchen!«

Sie nennt mich noch Ilenka! Und dann begann sie selbst zu weinen und meine grauen Haare zu küssen. Ich murmelte:

»Küss' sie nicht, sie sind voller Schmutz, ich war seit einem Monat nicht mehr im Bad. Küss' sie nicht!«

Doch kümmerte sie sich nicht darum, denn sie ist eine solche Frau. Es ist dies aber eine peinliche Erinnerung, der ich nicht gerne Worte verleihe; auch entsinne ich mich nicht genau, ob meine Haare wirklich so schmutzig waren, wie es mir vorkam. Ich war vom Weinen ganz schwach geworden, alles drehte sich vor meinen Augen, so dass ich mich an der Wand oder am Tisch festhalten musste, um nicht zu fallen. Nach einigen Minuten ging Saschenka hinaus, um ihren Pflichten nachzukommen, und ich sah mich im Zimmer um, wo all' dies vor sich gegangen war, wischte mir das Gesicht ab, versuchte mich zu beruhigen. Als ich aber auf der Wand das weiße Gewand mit dem roten Kreuz erblickte, das mir von heute ab heilig ist, wie meine Saschenka selbst, begannen meine Tränen von Neuem zu fließen. So brachte mich Saschenka nach Hause, ich wandte mich ab, während der Portier die Tür aufschloss. Ich versuchte zu sprechen, es kam aber natürlich bloß wirres Zeug heraus, und Saschenka unterbrach mich mit zärtlichen Worten:

»Du musst nicht, sprich heute nicht, beruhige Dich. Morgen werden wir reden.« Es erwies sich, dass sie für ein paar Tage Urlaub genommen hatte.

Ich erinnere mich bloß undeutlich, was zu Hause geschah. Alles schien sehr hell und ich ging in den Zimmern umher wie ein Geburtstagskind und lächelte dumm und beglückt. Küsste die schlafenden Kinder der Reihe nach, küsste Inna Ivanowna, die von

Saschenka aufgeweckt worden war, und weinte mit ihr. Dann wurde der Samowar gebracht, ich trank heißen Tee und meine Tränen fielen in die Untertasse, unbegründete Tränen, die mir ohne Unterlass kamen, ich dachte wie heiß der Tee sei und weinte vor Rührung und Glück.

Saschenka machte mir ein Bett im Kabinett zurecht, sie fand, dass ich dort mehr Ruhe haben würde, gab mir ein reines Hemd und brachte alles in Ordnung. Und als ich nun so rein und weiß, im reinen, weißen Bette lag, die Hände auf der Decke gefaltet, und sie das grüne Lämpchen auf den Tisch neben mich stellte, sich hinsetzte, ein Buch nahm, um mir daraus vorzulesen, da hatte ich wirklich die Empfindung, als wäre ich schwer verwundet gewesen und begänne jetzt zu genesen. Und so wohltuend war die Schwäche, die mich fast hinderte, die Augenlider zu heben, um im Lichtkreis des Lämpchens die Decke, die Lampe, Saschenkas Kinn, das ich gerade noch erblicken konnte, zu sehen.

Sie las Gogol, und wenn ich auch nur Bruchstücke hörte, so war es doch interessant und angenehm, wie wenn man in einem guten Traum andere Leute, Wege, Felder sieht. Ich vernahm die Worte: »Selifak«, »Petruschka«, »Kalesche«, und sah dies alles schon vor mir, zu gleicher Zeit aber auch das Bild der dunkel dahinfließenden Newa, der Automobile und des Vorübergehenden, der mich bei der Hand packte, dann kam wieder die Kalesche mit ihren Schellen und ein langer, langer Weg ... so schlummerte ich ein. Für einen Augenblick erwachte ich wieder, am ganzen Körper zitternd, sah den Lampenschein, hörte Saschenkas Stimme – und verfiel dann in einen tiefen Schlaf.

Als ich am Morgen erwachte, sah ich Saschenka am Tisch sitzen und in Tränen aufgelöst mein törichtes Tagebuch lesen. So blass war sie, so lieb nach der durchwachten Nacht, die sie um meinetwillen schlaflos zugebracht hatte. Meine Saschenka, Saschenka, Du meine Heilige!

*25. September*

Wir haben die Wohnung aufgegeben, und bei Finotschka, Saschenkas Freundin, zwei Zimmer gemietet, die früher von einem Flüchtling bewohnt wurden. Den Flüchtling haben wir gewissenlos vertrieben, wir sind selbst Flüchtlinge. O diese Finotschka – mit ihrem ewigen Lachen! Ach, mein Gott, wie angenehm sind doch diese kleinen Stübchen, diese harmlos lachende Finotschka meiner Empfindsamkeit.

Mir ist zumute, als sei ich in einen Palast gekommen, reich und frei, wie ein Zar! Finotschka hat einen Kanarienvogel, ich sitze wie ein Narr halbe Stunden lang vor seinem Bauer und sehe seinem Treiben zu.

Von der Hauptsache später, jetzt vermag ich darüber nicht zu sprechen. Die Deutschen setzen ihre Angriffe fort.

*26. September*

Nur mit Mühe kann ich mich in Saschenkas Schilderung wiedererkennen, aber ich glaube ihr, meiner Gerechten, wie dem Evangelium. Ein furchtbares Bild! Und ganz begreiflich ist es, dass ich ihr so fremd geworden war: Bemerkte ich doch in der Anmaßung meines persönlichen Grames ihre Tränen nicht, antwortete auf ihre liebkosenden Worte mit dem bösen Knurren eines Hofhundes, dem man die Knochen weggenommen hat. Und mein Schrecken, als ich meine Arbeit verloren, der törichte Stolz, der mir das Recht zu leben absprach ... welch' unglaubliche Dummheit! Alle anderen können arbeitslos werden und um Mildtätigkeit bitten müssen, nur ich allein, dies Ausnahmgeschöpf, dieser vornehme Ilia Petrowitsch Demetjew, kann es nicht. Alle Menschen dürfen ihre Kinder verlieren, nur ich allein nicht, ich muss mich dagegen auflehnen, irgendjemand angreifen, mir selbst pharisäerisch an die Brust schlagen. Alle können schmerzliche Verluste erleiden, durch Feuersbrünste geschädigt, von Unglück aller Art heimgesucht werden, nur ich muss auf dieser Welt heilig und unantastbar auf einem Sockel stehen! Alle kämpfen, nehmen Qual und Sünde auf sich, nur ich allein sitze wie ein ausgedienter Lehrer, schreibe zur Nachtzeit Korrekturen, ergehe mich in Vorträgen, die niemand anhört, teile Zensuren für das Betragen aus: Zwei minus, stelle Dich in die Ecke Deutschland! Und Ihr Dummköpfe alle, stellt Euch in die Ecke, solange ich, der Weise, hier auf dem Katheder stehe und mich brüste. Aber woher kann Saschenka dies alles verstanden haben? Meine Saschenka!

Sie sagt nirgendsher, es sei dies alles so klar gewesen; mag sein. Aber woher kam damals meine Verblendung? Wahrscheinlich von dort, wo all' die müßigen Fragen herkommen. Mir ist ja jetzt alles klar, aber aus reiner Gewohnheit frage ich weiter, setze Fragezeichen hin ... zu dumm!

Ich kann die Seelenerleichterung, die ich nun empfinde, mit nichts vergleichen. Und die Hauptsache, ich fühle keinerlei Angst mehr, was immer auch geschehen möge. Für mich ist nichts mehr furchtbar. Die Deutschen, – nun gut, die Deutschen, muss man fliehen – flieht man, muss man sterben – so stirbt man eben. Noch nie habe ich Petka und Jenka so geliebt, aber nicht einmal der Gedanke ihres Todes vermag mich mehr zu erschrecken ... ich würde bitterlich um sie weinen, doch den eigenen Tod nicht mehr herbeirufen, mich nicht einmal nach ihm sehnen. Überhaupt der Tod – diese formelle Idiotie, wer liebt, lebt ewig, sagt Saschenka.

Gestern hat mich Finotschka den ganzen Abend »Alterchen« genannt, »mein Alterchen, mein Alterchen!« Saschenka begann sich ein wenig zu beleidigen und verlieh diesem Gefühl durch eine Bemerkung Ausdruck, ich aber war gar nicht gekränkt, sie scherzte ja doch nur. Trotzdem ging ich zum Spiegel, um mich zu betrachten ... weiß Gott, sie hat recht. Nicht dass ich wirklich alt aussähe, scheine bloß älter als sechsundvierzig Jahre, es liegt irgendetwas in den Augen, im Lächeln, ja, und auch in den Tränen, die mir so häufig kommen. Ich werde nicht mehr lange leben, das ist eine Tatsache – und in diesem Gedanken ist eine außergewöhnliche Kraft. Finotschka meint, das viele Herumlaufen in der Stadt hätte mich gestählt; möge sie nur lachen.

Wir freuen uns alle über die neue Wohnung, nur der Umzug war nicht angenehm; es ist schwer zu verstehen, was mit Inna Ivanowna vorgegangen ist, was sie so sehr betrübt haben mag. Mit einem Mal ist sie zusammengebrochen und liegt nun schon, das Gesicht zur Wand gekehrt, den zweiten Tag, zitternd vor Schwäche wie eine Sterbende. Als wir der Ahnungslosen damals ohne jegliche Vorbereitung mitteilten, dass ich meine Stelle verloren habe, war es erschreckend zu sehen, wie sie sich aufregte, erbleichte, zu beben begann.

Als die Möbel schon alle fortgebracht waren, weigerte sie sich, ihr Zimmer zu verlassen, weinte, als wir sie an der Hand fortführten. Sie muss irgendeine besondere Vorstellung gehabt haben. Gestern Abend verlangte sie nach Saschenka und flüsterte ihr zu: »Rufe

Pawluscha zu mir«; natürlich erwiderte Saschenka, dass sie ihn sofort rufen würde. Zum Glück wiederholte die arme alte Frau ihre schreckliche Bitte nicht mehr. – Eben sah ich nach, sie schlafen alle, sie, Saschenka und die Kinder; solange Saschenka hier ist, schläft das Kindermädchen in Finotschkas Gastzimmer.

Es ist uns gelungen, die überflüssigen Möbel, die uns nur zur Last waren, vorteilhaft zu verkaufen. Saschenka bleibt noch einen Tag daheim, dann kehrt sie in ihr Lazarett zurück; sie wird auch für mich irgendeine erträgliche Beschäftigung suchen. Wo sind die Worte, die auszudrücken vermögen, wie sehr ich sie verehre! Sie zieht mich aus der Grube, in die zu verkriechen mir beliebte.

Finotschka trat eben aus dem Gastzimmer, um mich zu suchen. Eine volle Stunde saß sie bei mir und erzählte mir voll Entsetzen von der Invasion der Deutschen. An ihrer Blässe, ihren unzusammenhängenden Worten erkannte ich noch deutlicher als aus den Zeitungen, mit welcher Angst unsere Hauptstadt und unser ganzes Volk dem Einfall des Feindes entgegensieht. Nicht um unserer Verdienste, unseres Reichtums und unserer Kraft willen – erbarme Dich unser o Herr, aber um unserer Armseligkeit, unseres Elends willen, die Du so liebtest, als Du auf Erden wandeltest.

Ich kann nicht einschlafen, es treibt mich irgendetwas zu tun. Es ist schrecklich, mit müßigen Händen dazusitzen, ich würde gerne den Fußboden fegen, – aber er ist schon gefegt. Nein, morgen schicke ich Saschenka ins Lazarett zurück, es hat keinen Sinn, es hinauszuschieben.

Wäre meine Brust etwas breiter, ich hielte sie ohne Zaudern den deutschen Geschossen hin, als Mauer für die Anderen.

*28. September*

Ich habe schon zwei Angebote, das eine als Buchhalter bei dem Komitee zur Unterstützung der Flüchtlinge, mit einem kleinen Gehalt, das andere – an der Front, als Pfleger in der Etappe. Ich ziehe natürlich das letztere vor, werde auch das erste annehmen, wenn es sein muss. Inna Ivanowna geht es schlecht, immer wieder ruft sie nach Pawluscha.

*1. Oktober*

Ich sammle für die Verwundeten.

*3. Oktober*

Nie hätte ich mir vorstellen können, dass sich in den Tränen ein so unsagbares Glück verbergen könnte! Und es ist so seltsam, früher verursachte mir das Weinen Kopfweh, ich empfand einen bitteren Geschmack im Munde und ein heftiger Schmerz zerriss mir die Brust, jetzt aber weine ich leicht, schmerzlos, als ob es mir Freude machte. Besonders fiel mir dies auf meinem zweitägigen Rundgang mit der Sammelbüchse durch Petrograd auf, als jede Gabe, jeder Beweis der Teilnahme für die Verwundeten mich unsäglich bewegten. Und wie viel gute Menschen, wie viel goldene Herzen zogen an meinen glücklichen Augen vorbei.

Meine langen Beine und den Umstand ausnützend, dass man mir als Genossen einen kleinen, aber flinken und unermüdlichen Gymnasiasten mitgegeben hatte, gelangte ich auf meinen Wanderungen bis Ochza und hier unter den armen Leuten, den Arbeitern und Handwerkern, verbrachte ich eine ausnehmend freudige Stunde.

»Wie die geben!« sagte der Gymnasiast Fedia zu mir. »Wie die geben, nimm nur!«

»Ja, Fedia, wie sie geben! Nimm nur!« antwortete ich lächelnd auf seine naiven Worte und fühlte, wie meine Augen feucht wurden. Ich sah, wie der bärtige Arbeiter eifrig seinen Kopeken oder seinen Fünfziger hergab und er war mir so lieb, dass ich mich schämte, ihm in die Augen zu sehen. Ich liebte seine Hände, seinen Bart, alles an ihm, an diesem wertvollen, ehrlichen Menschen, den kein Krieg verderben konnte! Angenehm war es auch, dass sie nicht verlegen wurden, sich nicht entschuldigten, wie dies am Newsky oder Morskoi öfters vorkam. Viele fragten mich:

»Ist das Ihr Söhnchen?«

»Nein, wir sind Bekannte,« antwortete dann Fedia ein wenig beleidigt, er kam sich schon zu erwachsen vor, um irgendjemandes Söhnchen zu sein. Er nahm mir die schwere Sammelbüchse aus der Hand, bis er sie nicht mehr tragen konnte, führte mich, das heißt er kommandierte voller Würde mit mir herum.

Zweimal füllten wir die Büchse an und ließen uns von unserer Arbeit so hinreißen, dass uns schließlich vor lauter Müdigkeit die

Beine nicht mehr tragen wollten, besonders Fedia war ganz erschöpft. Wir waren schon halbtot, als wir durch eine Nebengasse an jene Seite der Neva gelangten, wo sich die kleinen Fabriken mit ihren rauchenden Schloten erheben. Wir setzten uns ans Ufer. Lange genossen wir dort die Stille des schönen Abends, den Anblick der Barken und Dampfer, der breiten Neva, der rosigen Wolken ... nie werde ich diesen Abend vergessen. Ein vorbeifahrender Schleppdampfer trieb kleine, leise plätschernde Wellen an das flache Ufer, aus den großen Holzbaracken krochen vergnügte Kinderchen und spielten ihre abendlichen Spiele, auf dem einen Ufer waren bereits die Laternen angezündet und strahlten ein mildes, blaues Licht aus; in meiner Seele war eine solche Ruhe, eine solche Reinheit, als wäre ich selbst wieder zum Kinde geworden. Ich schwieg und auch Fedia, der zuerst lebhaft über die Deutschen geplaudert hatte, wurde schweigsam und nachdenklich. Dann gingen Soldaten über die Ochtenskische Brücke, durch das Lärmen der Fuhrwerke klangen Bruchstücke ihres Gesanges zu uns herüber.

»Singen die Soldaten?« fragte Fedia aufgeregt. »Wo sind sie.«

»Auf der Brücke ... hör' zu!«

Wie schön, wie kunstlos singen die Soldaten mit ihren einfachen, natürlichen Stimmen, man fühlt aus den Klängen das ganze Russland heraus, die heimische Erde, das ganze Volk. Schon war das Lied verklungen, es begann zu dunkeln, das ganze Ufer wurde von den Laternen und den aus den Fenstern schimmernden Lichtern erhellt, und noch immer dachte ich darüber nach, wie unzertrennbar die Soldaten und Russland sind ... Russland! Wie im Traum sah ich die herbstlichen Wälder, den herbstlichen Weg, die Lichtlein in den Hütten, den Bauern auf seinem Karren. Sah die Pferdeschnauze, und es war etwas so Liebes an diesem Bild, mit zärtlicher Dankbarkeit gedachte ich des Gaules ewiger Arbeit, anderer Pferde, Dörfer und Städte ... Es schien mir, als käme mich Schlaf an. Aber Fedia, welche Trauer! Er war fest eingeschlafen, den Kopf an mich gelehnt. Ich hob seine herabgefallene Mütze auf, aber ich konnte ihn nicht wach bekommen, er lehnte sich immer von Neuem schlaftrunken gegen mich. Ich zwang ihn, die Augen zu öffnen. Er brummte:

»Bei Gott, ich kann nicht mehr gehen.«

»Ich sollte Dich schelten, aber meine Kräfte reichen nicht aus.

Gehen wir bis zum Dampfer und fahren wir dann von dem Suworow-Platz mit dem Tram.«

»Ja, gehen wir zum Dampfer,« willigte Fedia ein, er liebt die Dampfer sehr, mein verehrter Genosse.

So haben wir zwei Tage zusammengearbeitet. Gestern regnete es leider und unsere Sammlung litt darunter, aber das Gefühl der Freude blieb, denn der Mensch leuchtet noch heller im herbstlichen Schmutz und Unwetter.

Ich dürfte meine Ernennung an die Front erhalten.

### 7. Oktober

Wir haben Inna Ivanowna begraben. Schon seit langem lebte sie nur mehr dem Schein nach und nun ist sie zu ihrem Pawluscha gegangen. Ich weiß nicht, ob sie einander dort begegnen werden, aber sie sind nun beide dort an jenem Ort, den wir nicht kennen, wo meine Lidotschka ist, wohin auch ich unterwegs bin.

Und wie viele doch sterben! Als ob im Walde eine Lichtung ausgerodet würde, jeden Tag verschwindet ein bekannter Baum.

Hartnäckig kehrt ein bitteres Gerücht immer wieder, auch die Zeitungen schreiben, dass die Deutschen immer näher kämen. Seit dem Frühjahr sind sie unaufhaltsam, Schritt für Schritt, in Russland eingedrungen, stehen nun vor Riga und der Düna; und gleichsam wie durch einen baufälligen Zaun sehen uns ihre drohenden Augen an und der Tag ihres Einzuges liegt im Dunkel des Unbekannten.

Voll Traurigkeit und unerträglichem Mitleid betrachte ich die Menschen. Wie hart ist doch ihr Los auf dieser Erde, wie schwer ist's mit der eigenen, rätselhaften Seele leben zu müssen! Was verlangt diese dunkle Seele, wohin zieht sie durch Blut und Tränen?

Den ganzen Tag hört man Geschichten über die Flüchtlinge aus Polen und Wolhynien, über ihre außergewöhnlichen Fluchten auf allen Wegen. Sie werden, und das scheint den anderen eine Beruhigung zu sein, in Bücher eingetragen, gezählt, und man spricht jetzt von ihnen wie von einer Rasse, die schon lange bestanden hat und niemand recht gefallen will. Ich verstehe diese Beruhigung nicht, es schmerzt die Vorstellung, wie sie die Straßen dahin flohen und noch fliehen, das Knarren der überlasteten Fuhrwerke, das Weinen und Husten der frierenden Kinder, das Brüllen der hungrigen Haustiere. Und wie sie fremd, von einem Orte zum andern ziehen, hinter sich blickend, gleich Lots Weib, in Flammen und Rauch die brennenden Dörfer und Städte sehend. Die Pferde reichen nicht, und viele spannen, wie erzählt wird, Kühe, ja selbst starke Hunde vor die Wagen oder ziehen sie selbst, wie in den alten Zeiten, als die Menschen zum ersten Mal vertrieben worden waren ... und seit jener Zeit werden sie immer wieder und wieder vertrieben. Es ist schwer, sich ein Bild davon zu machen, was auf diesen Straßen geschieht, wo eine solche Menge drängt, dass es eher dem Newsky an einem Feiertage gleichen muss, als einer öden, herbstlich kotigen Chaussee. Wird uns diese unbekannte Macht noch lange vor sich herjagen?

Und heute noch eine traurige Nachricht: Die Bulgaren haben die Serben überfallen ... konnten wir dem nicht entgehen, dass Brüder Brüder zerfleischen? Die ganze Seele erbebt einem, wenn man bedenkt, dass dies Volk vernichtet, dass diese arme Wiese von jenen Schnittern abgemäht wird, deren Nahen, Kommen auch uns schreckt. Und was macht es ihnen aus, auch diese zu morden, haben doch die Türken, wie die Zeitungen melden, 800.000 Armenier hingemetzelt. Was ist da zu sagen? Sie tun mir alle leid und jeden Augenblick wird das bekümmerte Herz von neuem Unglück heimgesucht. Und ich weiß nicht, soll ich Gott bitten, er möge die verräterischen Bulgaren strafen oder soll ich mich hier vor einem unbegreiflichen Geheimnis der Menschenseele beugen.

Gestern aber war ich nahe daran, inmitten der Tränen und des Mitleids in Flüche auszubrechen, konnte mich nur mit Mühe in der folgenden schlaflosen Nacht besänftigen. Mir war eine Zeitung in die Hand geraten, in der von den unglückseligen Armeniern die Rede war. Ich gebe die Worte eines Augenzeugen genau wieder, so wie sie dort standen, schwarz auf weiß.

»Das furchtbarste Bild bot sich dem Augenzeugen in Bitlis dar. Noch ehe er Bitlis erreicht hatte, sah er im Walde eine Gruppe erst kürzlich hingeschlachteter Männer und darunter drei Frauen – völlig nackt, an den Beinen aufgehängt. Bei einer derselben stand ein etwa einjähriges Kind und reckte die Arme nach der Mutter aus, diese, noch lebend, das Gesicht mit Blut überströmt, streckte dem Kind die Hände entgegen, doch konnten sie sich gegenseitig nicht erreichen.«

Kann man denn einschlafen, ein solches Bild vor Augen? Natürlich konnte ich es nicht, die ganze Nacht über stockte mir der Atem, tobte das Blut in meinem Kopfe, als wäre ich selbst bei den Beinen aufgehängt und hinaufgezogen. Einen Augenblick glaubte ich zu ersticken. Aber seltsam, als ich dann weinen konnte, schwemmten die Tränen meinen Zorn, die Flüche und noch ein anderes Gefühl ganz fort. Nur Eines blieb. Ich spreche nicht von den »kürzlich hingeschlachteten Männern« ... schon die Art und Weise von Menschen wie von Schafen zu sprechen, verrät das Schablonenhafte dieses Anblicks, die Gewöhnung an denselben. Wie viele gibt es dieser kürzlich »Hingeschlachteten« auf unserer heutigen Schlachtbank, aber die Frau und das Kindchen, die Frau und ihr Kindchen ...

Sie lebte noch, den Kopf nach unten, konnte so noch eine halbe, eine ganze Stunde am Leben bleiben; wie musste das Blut durch ihr Gehirn jagen, welch schreckliche blutrote Lichter mussten vor ihren brennenden Augen tanzen! Wie atmete sie? Wie konnte ihr Herz noch schlagen? Und inmitten dieses roten, glühenden Todes erkannte sie noch die Gestalt ihres hilfsbedürftigen Knäbleins, sah nur dieses mit ihrem gequälten Blick, mit übermenschlicher Kraft streckte sie nach ihm die blaugelaufenen Hände aus, wandte ihm das blaurote Gesicht zu. Ein anderer wäre vor diesem entstellten Gesicht erschrocken, aber das einjährige, unschuldige Kind streckte die Hände nach ihm aus, erkannte in ihm seine Mutter. »Doch konnten sie sich gegenseitig nicht erreichen.« Entweder war die Entfernung zu groß, oder das dumme Knäblein verstand es nicht, die Hand hinauf zu reichen. Und was war ihr von Nöten? Nicht Leben und nicht Rettung, auf die sie nicht mehr rechnen konnte, nur eines; nur auf einen Augenblick das Kinderhändchen zu halten, dessen Berührung ihrem Herzen Gewaltiges gewesen wäre. »Doch konnten sie sich gegenseitig nicht erreichen.«

Und die ganze Nacht versuchte ich, wie in einem schweren, bösen Traum, selbst dem Ersticken nahe, diese zwei hoffnunglos ausgestreckten Hände zu vereinigen. Jetzt werden sie gleich zusammenkommen, gleich einander berühren, etwas Ewiges, Starkes, ein unveränderliches Leben bilden ... nein, es geht nicht, irgendetwas, eine unüberwindliche Kraft reißt mich zurück. Schmerzenden Kopfes besann ich mich eine Minute (schade, dass ich das Rauchen aufgegeben habe, es verlangte mich sehr danach), und dann begann ich von Neuem mit dieser entsetzlichen Arbeit, die keinen Anfang und kein Ende hatte. Von Neuem suchte ich die Hände zu vereinigen, wieder waren sie einander ganz nahe, und wieder riss eine unsichtbare Gewalt sie auseinander. Das Blut schoss mir zu Kopfe, ich glaubte vor Verzweiflung zu ersticken. Schließlich schien mir etwas Ungeheuerliches zu drohen: Die Hände, die ich vereinigen wollte, streckten sich nach mir aus, um mich zu erwürgen, die Finger umkrallten meine Kehle, es waren nicht mehr vier Hände, unzählige waren es, unzählige ...

Finotschka hatte mein lautes Stöhnen vernommen und kam erschrocken herbeigelaufen; als sie erfuhr, was mir fehle, gab sie mir Baldrian zu trinken, aber schon der Anblick eines lebenden Menschen beruhigte mich. Kaum aber war sie aus dem Zimmer gegangen, so begann das ganze von Neuem, wenn auch nicht in der gleichen furchtbaren Art. Sie wollten mich nicht mehr erwürgen, aber ich konnte die Hände, wie früher, nicht vereinigen und hielt über diesen Gegenstand eine leidenschaftliche Rede in unserem Kontor, selbst ein paar unendlich lange Arme ausstreckend ...

Gegen Morgen schlief ich traumlos ein.

Heute quälen mich furchtbare Gedanken und eine unbezähmbare Aufregung. Ich sehe auf jedes Paar Hände, das irgendwie beschäftigt ist oder müßig aus dem Ärmel heraushängt, und träume davon, sie zu vereinigen. Ich denke an Inna Ivanowna und die anderen Mütter; wie sie, die ihren Sohn beweinen, nicht verstehen können, dass auch er den Sohn einer anderen Mutter erschossen und umgekehrt, und dass sie alle weinen. Nein, sie verstehen es wahrscheinlich, denn es ist ja so einfach, doch hier scheint das Schwergewicht in etwas anderem zu liegen. Wer streckt und wem streckt er die Hand zur Vereinigung hin? Und wer hindert dies, hindert dies ewig und immer? »Doch konnten sie sich gegenseitig nicht erreichen!« - sagt der Augenzeuge.

Mein Zorn ist erloschen, weh und traurig ist mir und wieder fließen mir still die Tränen. Wen soll man verfluchen, wen verdammen, da wir doch alle so unglücklich sind. Ich sehe das allgemeine Leid, sehe die ausgestreckten Hände und weiß, dass ein großes Licht alles erhellen wird, wenn sie einander berühren, die Mutter Erde und ihre Söhne - ich aber werde es nicht mehr sehen.

Und wozu habe ich gedient? Als »Zelle« habe ich gelebt, als »Zelle« werde ich sterben und habe nur die eine Bitte an mein Schicksal, dass mein Tod und das Leid, das ich in Demut ergeben auf mich nehme, nicht umsonst sei.

Aber ich kann in dieser völligen Hoffnungslosigkeit keine Ruhe finden und so strecke ich irgendjemandem die Hand hin: Komm, gib mir die Deine. Ich habe Dich so lieb, Lieber, Du mein Lieber ...

Und ich weine, weine, weine.

14. Januar 1916.

# NACHWORT

## Über den Autor

Die einen bemängelten seine »heiße«, ungezügelte Phantasie, die anderen seine »kalte«, leblose Manier, den dritten schließlich war er ein Repräsentant der Dekadenz im vorrevolutionären Russland, dem jegliches »Positive« abgehe. Ob »tragischer Zeitungspoet« (Alfred Kerr) oder »Altersgenosse des wesentlich schwächeren Maxim Gorki«, der in seinen Werken »unendlich mehr als nur ›russisches Kolorit‹ und Mitleidsdichtung« böte (René Schickele): Seine Veröffentlichungen polarisierten die zeitgenössische Kritikerwelt und Leserschaft; kaum einer, den seine Erzählungen und Theaterstücke nicht irritierte. Vergleichbar der großen Bandbreite der Urteile zu seiner Zeit verhält sich das Spektrum nachträglicher Etikettierungen: Vom Realisten Turgenjewscher Prägung ist hier ebenso die Rede wie vom Maeterlinckschen Symbolisten und vom Begründer des russischen Expressionismus. Wie dem auch sei: Die große Experimentierfreude Andrejews sowie die stilistische Vielfalt seines Oeuvres hat einen unverstellten Blick lange Zeit erschwert, mindestens ebenso wie ihr oft unbequemer, quer zu allen politischen Strömungen stehender Gehalt: mal mystisch, mal revolutionär, mal nihilistisch, mal pazifistisch, mal konservativ – die Reihe ließe sich fortsetzen.

Geboren wird Leonid Nikolajewitsch Andrejew am 21. (nach russischer Zählung: 9.) August 1871 in Orjol, einer ca. 350 km südwestlich von Moskau liegenden Stadt, in der auch Nikolai Leskow vierzig Jahre zuvor das Licht der Welt erblickt hatte. Der Sohn eines aus der Oberschicht kommenden, im Regierungsdienst tätigen Landinspektors und einer aus Polen stammenden Adligen absolviert das dortige Gymnasium und studiert zwischen 1891 und 1897 in St. Petersburg und Moskau Jurisprudenz. Im Zeitraum der nächsten fünf Jahre arbeitet Andrejew als Rechtsanwalt in Moskau, nicht zuletzt, um nach dem Tod des Vaters seine vier Geschwister sowie seine Mutter am Leben zu erhalten. Gerichtsreportagen für die Moskowski Vestnik und erste Erzählungen entstehen zu dieser Zeit, sein Freund Maxim Gorki führt ihn in die Moskauer Literaten- und Intellektuellenzirkel ein. 1901 wird schließlich sein erstes Buch, im Jahr darauf die berühmte, von Leo Tolstoi befehdete Erzählung *Der Abgrund* (Bezdna) veröffentlicht. In ihr bewältigte Andrejew einen früheren Suizidversuch nach unglücklicher Liebe. 1904, also während des russisch-japanischen Kriegs, folgt die Veröffentlichung eines seiner Hauptwerke, des pazifistischen Romans *Das rote Lachen* (Krasnyj smech): Kaum jemand habe eine »schärfere und glänzendere Waffe« für den Frieden geschmiedet als Leonid Andrejew, schreibt verzückt (und ganz unpazifistisch) Bertha von Suttner im Geleitwort zur deutschen Ausgabe 1905. Zu diesem Zeitpunkt sitzt der Dichter jedoch schon in einem der Moskauer Gefängnisse ein, nachdem er – sein Buch hatte ihn mit den Sozialrevolutionären in engen Kontakt gebracht – von der zaristischen Geheimpolizei verhaftet worden war. Wieder auf freiem Fuß flüchtet Andrejew noch im gleichen Jahr aus Russland, u.a. findet er bei Maxim Gorki auf der Insel Capri Asyl. Auch in Berlin und Wien ist er bei Lesungen und der Aufführung seiner Schauspiele ein nicht selten gesehener Gast. Wenngleich seine besten Theaterstücke wie *Anatema* (Anathema) oder *König Hunger* (Car' golod) von der zaristischen Zensur verboten werden: In Moskau und Petersburg werden zahlreiche seiner Werke gegeben, keine geringeren als W. Nemirowich-Dantschenko oder W.E. Meyerhold inszenieren sie. Gemeinsam mit den Romanen und Erzählungen (u.a. *Die Geschichte von den sieben Gehenkten*/Rasskaz o semi povešennych) begründen die Theaterstücke den kurzlebigen Ruhm und bescheidenen Reichtum Andrejews. Wenige Jahre vor Ausbruch des Ersten Weltkrieges errichtet sich der Dichter in der russischen Künstlerkolonie Kuokalla (heute Repnin), eine Tagesreise nordwestlich von St. Petersburg entfernt, ein großzügiges Domizil. Er verkehrt jetzt im Literatenkreis um Kornei Iwanowitsch Tschukowski, die Schriftsteller Iwan Bunin, Wladimir Korolenko und Alexander Kuprin zählen zu seinem nächsten Freundeskreis. In Kuokalla entsteht während des Ersten Weltkrieges sein zweiter pazifistischer Roman *Das Joch des Krieges* (Igno Voyny), der jedoch nicht in Russland, sondern in der neutralen Schweiz erstmals veröffentlicht wird.

Befürworter der Revolution – gleichwohl jedoch ein vehementer Gegner der Bolschewiken –, verbleibt Andrejew 1917, nach dem Abfall Kareliens von Russland, in dieser nunmehr zu Finnland gehörigen Provinz. Nahezu vergessen stirbt Leonid Andrejew am 12. September 1919 in Kuokalla. Nach Ende der stalinistischen Ära und fast vierzig Jahre später wird der Leichnam des Dichters 1957 exhumiert. Auf den sog. Literatenbrücken des Wolkowo-Friedhofs in St. Petersburg, nahe den russischen Dichter-Heroen Turgenjew, Gonscharow und Leskow, findet er seine endgültige Ruhe.

## Über das Buch

Was passiert, wenn ein an Gogol, Dostojewski und Tschechow geschulter russischer Erzähler, ein Freund Maxim Gorkis, mit der Kriegswirklichkeit im zaristischen Petersburg 1914 bis 1916 kollidiert? Fast zwangsläufig entsteht große Literatur. So geschehen bei einem der besten pazifistischen Bücher zum 1. Weltkrieg, Leonid Andrejews *Das Joch des Krieges*.

Um eines klarzustellen: Andrejews 1918 erschienener Roman handelt vom fiktiven Tagebuchschreiber Ilia Petrowitsch Dementjew. Und wenn im Folgenden von Dementjew die Rede sein sollte, dann ist vor allem er selbst gemeint: Fünfundvierzig Jahre alt, Buchhalter in einem durchschnittlichen Büro, zärtlicher Ehemann, treusorgender Vater zweier Kinder, wohnhaft am Potstamskoi-Platz im Herzen St. Petersburgs. Ilia Petrowitsch Dementjew ist Ilia Petrowitsch Dementjew – und hegt den innigen Wunsch auch in diesen unruhigen Zeitläuften seine Menschlichkeit zu bewahren und so zu bleiben, wie er ist. Das ist die lapidare Wahrheit – und das ist das Problem.

Denn so selbstverständlich sein Ansinnen sein mag, und so einfach die Gleichung auch erscheint: Seit Kriegsbeginn ist alles in Unordnung geraten, Sicherheiten und Selbstverständlichkeiten, Institutionen und Identitäten scheinen in rapider Auflösung begriffen. Nur ein Beispiel: Neuerdings wohnt Dementjew nicht mehr in seinem geliebten alten St. Petersburg. Über Nacht hat die Stadt eine neue Bezeichnung erhalten, sie heißt jetzt Petrograd. Oder: Man hat im Namen aller Russen den Krieg erklärt! Aber ist nicht auch er, Ilia Petrowitsch Dementjew, ein Russe? Erfolgte dieser Schritt in seinem Namen? Das muss ein Irrtum sein, meint Dementjew, er habe nichts gegen die Deutschen. Und diese hegten auch keine Feindschaft gegen ihn! Aber weshalb kann er diesen Sachverhalt kaum noch zur Sprache bringen? Und warum erklärt ihm jetzt jeder, was er zu denken, worüber er sich zu freuen und wen er zu hassen habe? Ist das der Krieg? Warum nehmen ihn die anderen beiseite und meinen, er habe es geschafft: In seinem Alter käme er nicht mehr an die Front. Und wenn sie ihn beglückwünschen: Wieso betonen sie dann überlaut, welch' große Sache das Fronterlebnis sei? Natürlich ist er froh, dem entgangen zu sein! Aber warum darf er seine Freude darüber nicht zeigen?

Fragen über Fragen drängen auf Dementjew ein. In seinem Kriegstagebuch sucht er Antworten zu geben: Er beobachtet, notiert, vermerkt die Veränderungen. Er betrauert die Opfer, protestiert, empört sich, argumentiert und stellt fest: Es ist nicht mein Krieg, den ihr hier führt. Mag sein, dass ihr ihn in meinem Namen erklärt habt, aber ich trage keine Mitschuld daran! Ich bin friedlich! Also lasst mich in Frieden! In Frieden!

Doch ein Ort abseits der Zeiten existiert nicht, auch das muss Dementjew bald erfahren. Und die Frage seiner Mitschuld – ist sie schon beantwortet? Zweifelnd an sich selbst und verzweifelnd an seiner Umwelt wird Dementjew zum ruhelosen Sonderling. Nicht nur in den Schützengräben hinterlässt der Krieg Zerstörung und Tod. Auch im vermeintlich ruhigen Hinterland stiftet er Verstörung, Leid und Elend. Gewiss: Gegen Ende des Romans ist Ilia Petrowitsch Dementjew noch immer er selbst. Und er hat einen Weg gefunden, seine Menschlichkeit zu bewahren und dem Grauen seiner Zeit zu begegnen.

Mit abgründiger Ironie, aber auch mit dem existenzialistischdüsteren Pathos der russischen Erzähler des 19. Jahrhunderts bricht Leonid Andrejew den Kriegszustand auf ein kaum erträgliches Maß herunter: aufs persönliche. Und findet in der leidenschaftlichen Empathie seines tragischen Helden den Hebel, mit dem sich eine nur zu oft ins Groteske entgleitende Gegenwart aufbrechen lässt. Noch während des Ersten Weltkrieges in René Schickeles Reihe der *Europäischen Bücher* erschienen, bildet Leonid Andrejews Roman zugleich die erste Übersetzungsarbeit der in allen Sprachen beheimateten Hermynia von Zur Mühlen. Weit über 100 Übertragungen aus dem Russischen, Englischen und Französischen werden folgen, darunter viele Werke der Weltliteratur u.a. von Nathan Asch, Upton Sinclair und John Galsworthy. Bei den meisten ihrer Übersetzungen zeigen die Buchtitel weit weniger Zeitkolorit: *Igno Voyny,* wie der russische Originaltitel von Andrejews Roman lautet, wäre heutzutage wohl am ehesten mit *Die Bürde des Krieges* oder *Die Last des Krieges* zu übersetzen.

Eckhard Gruber

## Verlagshinweis

In der Reihe »Erster Weltkrieg« sind bisher im Elektrischen Verlag als E-Book erschienen:

*Andrejew, Leonid: Das Joch des Krieges*
Was passiert, wenn ein an Gogol, Dostojewski und Tschechow geschulter russischer Erzähler, ein Freund Maxim Gorkis, mit der Kriegswirklichkeit im zaristischen Petersburg 1914 bis 1916 kollidiert? Fast zwangsläufig entsteht große Literatur. So geschehen bei einem der besten pazifistischen Bücher zum 1. Weltkrieg, Leonid Andrejews »Das Joch des Krieges«.

*Auburtin, Victor: Was ich in Frankreich erlebte*
Kann man in einer Anklageschrift beste Unterhaltung bieten? Plaudert man über Einzelhaft? Vergisst man über der Schilderung südlicher Landschaft beinahe die des Alltags im Internierungslager? Wohl kaum. Es sei denn, man heißt Victor Auburtin, ist einer der besten deutschsprachigen Feuilletonisten und verarbeitet literarisch das Trauma einer dreijährigen Kriegsgefangenen-Odyssee.

*Barbusse, Henri: Das Feuer*
Schon 1916 ist dieser Roman über die Schützengräben des Ersten Weltkriegs in Frankreich erschienen, in der deutschen Übersetzung bereits 1918 in einem Schweizer Verlag.

*Barbusse, Henri: Tatsachen*
Henri Barbusse folgt in diesem Buch der Spur einiger Zeitungsmeldungen von »Nebenschauplätzen« und »Zwischenfällen« des Ersten Weltkriegs, die allerdings drastisch und grausam genug sind, um diesen Krieg insgesamt zu beleuchten.

*Holitscher, Arthur: In England, Ostpreußen, Südösterreich. Gesehenes und Gehörtes 1914/15*
Pastoren, Lehrer, passionierte Jäger, selbsternannte Schlachtenmaler, Hofräte, Großschriftsteller in Lodenkostümen, aber auch erfahrene Journalisten: Mit Beginn des Ersten Weltkriegs folgt den zur Front verschickten Soldaten bald ein Riesentross von Zivilisten nach.

*Kautsky, Karl: Wie der Erste Weltkrieg begann*
Nach Ende des Ersten Weltkriegs wurde Karl Kautsky von der Revolutionsregierung, dem Rat der Volksbeauftragten, als Unterstaatssekretär ins Außenministerium berufen, wo er die Dokumente den Ausbruch des Weltkrieges betreffend sammeln, sichten und herausgeben sollte. Parallel zur Dokumentensammlung hatte Kautsky an einer Kommentierung derselben gearbeitet, die am 10. Dezember 1919 an die Buchhandlungen ausgeliefert wurde.

*Keyserling, Eduard von: Im stillen Winkel*
Kaum je wurde der Beginn des Ersten Weltkriegs, die zerbrechliche ländliche Idylle im Sommer 1914 so beiläufig und doch so eindringlich geschildert wie in den beiden meisterlichen Novellen Eduard von Keyserlings »Im stillen Winkel« und »Nicky«, die in diesem E-Book enthalten sind.

*Köppen, Edlef: Heeresbericht*
»Köppens Buch müsste Hunderttausende Leser finden, in Deutschland, in allen anderen Ländern.« Ernst Toller
Edlef Köppens 1930 erschienenes Antikriegsbuch »Heeresbericht« kann als einziger zeitgenössischer Roman zum Ersten Weltkrieg gelten, der auch nur annähernd einen Begriff von der »gesamtgesellschaftlichen Arbeit am Krieg«, von diesen zahllos geführten Einzelkriegen gegeben hat: Es leistet dies mit Hilfe einer literarischen Montagetechnik, die Köppens Werk zum »avanciertesten Kriegsroman der Weimarer Republik« (Herbert Bornebusch) werden ließen.